嘎嗒辣汲

田邦利◎著

山东城市出版传媒集团·济南出版社

图书在版编目(CIP)数据

嘎嗒辣椒／田邦利著.—济南:济南出版社,
2015.2(2023.5重印)

ISBN 978－7－5488－1440－5

Ⅰ.①嘎…　Ⅱ.①田…　Ⅲ.①短篇小说—小说集
—中国—当代　②散文集—中国—当代　Ⅳ.①I217.2

中国版本图书馆CIP数据核字(2015)第032235号

责任编辑　张　静
封面设计　张　倩　谭　正

出版发行　济南出版社
地　　址　济南市二环南路1号(250002)
印　　刷　肥城新华印刷有限公司
版　　次　2023年5月第2版
成品尺寸　140毫米×203毫米　1/32
印　　张　8.375
字　　数　150千字
定　　价　39.00元
(济南版图书,如有印装质量问题,请与承印厂联系调换)

自　序

　　退休没事，学着写文章。起初用笔在稿纸上写，写了不长时间，儿子炳亮给我买了一台电脑，从此就敲键盘用电脑写。电脑是个好玩意儿，用它写文章，写得快，易修改。写了读，读了改，改了再读，读了再改。感觉好一点的就投给报纸副刊，多是泥牛入海。写得多了，投得多了，也有粉不掉的"泥牛"，成了"小海豚"浮出水面。

　　想不到还有读者喜欢我的文章。不是吗？稿子被采用，说明编辑喜欢，至少是文章在审稿编辑那儿能通得过。文章又被转载，说明还另有读者喜欢。转载我文章的有网站，有报刊，也有读者把文章贴在博客里。转载我文章的网站不少，其中不乏大网，如新华网、人民网、光明网、读者在线、大众网、天津网、新民网、中国日报网、中国新闻网、凤凰网、广州大洋网等等，不一而足。转载我文章的报刊，有国内的，也有国外的。把我的文章贴在博客里欣赏的，有美女，也有帅哥。

有读者喜欢我的文章，让我倍觉欣慰，继而让我有了出书的念头。我从已经发表的和准备发表的文章中，选了大大小小68篇。选68篇，是因为时下我虚岁68，说周岁也快了，大生日。大大小小68篇，有小说，也有随笔散文。根据文字内容，对其中的随笔散文又大体分了分，分成"感触"、"记忆"、"闲适"三卷。所选小说，有中篇，有短篇，也有小小说，书中将两个中篇和三个短篇作为"小说"部分单独列出，另有多篇小小说并没有放在"小说"卷中，而是根据内容放在了"感触"、"记忆"或"闲适"里。

书不大，小说散文皆有，可谓一本营养丰富的"文学套餐"。敝帚自珍，孤芳自赏，打开电脑读了一遍又一遍，书名叫什么？着实费了一些脑筋，想了好长时间就是定不下来，想来想去，想到了家乡饭桌上的"嘎嗒辣椒"。"嘎嗒辣椒"，红白黄绿，色艳如玛瑙翡翠，香、辣齐备，开口健胃，增进食欲……于是给书起名叫"嘎嗒辣椒"。

2014年8月18日于济阳

目录

第一卷　感　触

第二卷　记　忆

感触

一件小事

我从大观园乘坐 81 路公交车去英才高中。车到"十四中学"已座无虚席。过道上站了几个刚从"经七纬二"上来的乘客。

门开了，上来一位老人。

老人向后走了两步，就侧身面北（车向西行）停住了。老人默默地停在那儿，像是等待什么。约半分钟，老人手抓扶手又慢慢地往后走。走近后门口，有俩小伙子起身让座，其中一位是军人。

"谢谢！你坐，坐！"老人边说边打手势。老人见两人都不肯坐下，又说："你们没有这个义务。我也没有这个权利。"

《一件小事》发表在 2003 年 10 月 4 日《生活日报》副刊。收入本书时，做了几处文字及标点的修改。

"那儿，我的座在那儿！"老人回头指着右前方的"老弱病残孕专席"说。此刻，老人有些激动。

老人七十多岁，瘦，高，童颜鹤发，精神矍铄，穿着有点"洋"。

因那位军人再三相让，老人还是坐了。

老人坐下，恰好与我隔着过道相邻。可能因我是车上除了他外仅有的一位上了岁数的人，老人向我小发感慨：在国外生活久了，乍回到国内，有些事就是看不惯。那儿（指老弱病残孕专席）形同虚设……讲文明，讲法制，公民应当知晓哪是自己的权利，哪是自己的义务……权利可以放弃，义务必须去尽！

我凝神聆听。

车到"市立五院"。老人起身，致谢，还座，下车。

这是 2002 年春天我在济南遇到的一件小事，至今难忘。

2003 年 9 月 5 日

共　识

青年人慢慢地站了起来，胳膊肘上流着血。

"咱是来快的，还是来慢的？"

"来慢的怎样？来快的又怎样？"碰倒他的中年人问。

"慢的，去医院；快的，2000元包干！"

中年人权衡了一下，一拍胸脯，掏出2000元！

青年人仔细地数了一遍，把钱装入腰包。接着拂去身上的土，提起自行车，骑上，回头——"拜——拜——"

中年人已踏上轻骑，分道扬镳。

围观的人你一言我一语，都说中年人"精"。去医院，搭上工夫，赔上笑脸，少说也得2000元。

2000年4月21日

《共识》发表在2003年10月13日《生活日报》副刊。

饭后辈小

　　时过正午，饥肠辘辘的刘老汉边走边盯着沿街的小吃摊儿。

　　"大爷……"

　　喷喷的饭香，抑或是甜甜的称呼，让刘老汉驻足。吃罢饭，刘老汉习惯地抹了一下嘴，顺手掏钱付款。

　　女人接过钱："大哥，欢迎再来。"

　　刘老汉欲走又回，仿佛不在意地甩出一句："不来了，不来了，一顿饭工夫竟小了一辈。"

2001 年 10 月 12 日

　　《饭后辈小》发表在 2003 年 10 月 20 日《生活日报》副刊。

有感而发

——兼作诉讼风险告知书

立于三尺讲台，时间久了，练习得也能说几句话，工作之余，竟还代理了几个民事案子。想想，和法官打交道，前后也有 15 个年头。其间，进出法院，静坐旁观，可谓感触良多。

1. 德国哲学家培根说：一次不公正的司法行为，比很多次其他不公正行为为患尤烈，因为后者污染的是水流，而前者败坏的是水源。

培根不愧是伟大的哲学家！

2. 打官司，立案庭的人会给你一份举证通知书，告诉你基本的举证责任分配和可能遇到的诉讼风险。

《有感而发》于 2008 年 4 月 21 日发表于"青未了论坛"，9：45：31 上帖，《齐鲁晚报·青未了·随笔》编辑张成东先生9：54：27 跟帖：深刻到位精彩。

这风险那风险，有一种风险不会告诉你，那就是，遇上贪赃枉法、蛮不讲理的法官，那可就糟了。你有理，你有据；你学法，你懂法；一句话，这法那法，法官不讲理，没法。

3. 没打过官司的人，认为法官和律师是多么正多么正，打过官司的人方知，在法官和律师中，有男盗，也有女娼。

4. 遇到不讲理的女人，你会说句"滚刀肉"，之后退避三舍，好男不跟女斗；遇到不讲理的法官，你只能气得手脚发抖，肚鼓如牛。

5. 外国有藐视法庭罪，中国没有，至少现在还没有，这说明立法者对现实情况很清楚。某些法官水平之低，让人难以想象；某些法官灵魂之肮脏，让人嗤之以鼻。

6. 水平低、灵魂肮脏的法官，道貌岸然地坐在法椅上，啥法都能想，啥事都能干。这样的法官，让人觉得可怕，胜过歹徒手拿匕首与枪。

7. 有甜瓜，有苦瓜，当事人在某些法官的眼里全是傻瓜。

8. 公平办案，法官用不着费多大劲儿；久拖不决中，多是法官在为"金蝉"想脱壳之计。

9. 说是，有理走遍天下；事是，申诉寸步难行。申诉之难，难于上青天。

10. 执行中拘人，拘农民最有能耐，越是过年过节，越是来劲，把农民像猪一样铐在法院的楼梯上。

2008 年 3 月 31 日

颁奖词

讷于言，敏于行，煎饼加农用三轮，四天四夜六千里奔赴地震灾区救援——这就是咱山东庄稼汉！

2008 年 10 月 7 日

《颁奖词》是笔者在"新时期山东形象大使"评选活动中，网上投票给"莒县十农民"时写在票上的感言，题目是后来加的。此文被记者张跃伟在其通讯报道《莒县抗震救灾十农民受热捧》中引用（见 2008 年 10 月 8 日《齐鲁晚报》A6 版），报道中说："'讷于言，敏于行，煎饼加农用三轮，四天四夜六千里奔赴地震灾区救援——这就是咱山东庄稼汉！'济阳县 62 岁的田邦利为十农民的壮举深感自豪。"

假若角色互换

　　并非妻子的追求让"我"苦不堪言，而是世俗的偏见让"我"难以忍受。假若角色互换——考研、读博，进行孜孜不倦追求的不是妻子而是"我"，还是这个家庭，情况会迥然不同，或许会外人羡慕，家人自豪。妻子在对丈夫功成名就的憧憬、期望中，拖儿带女，纵然辛苦，心也甘。

　　　　　　　　　　　　　2008 年 12 月 9 日

第一卷 感触

　　《假若角色互换》发表在 2008 年 12 月 14 日《齐鲁晚报·青未了》，是读 12 月 7 日该副刊所载《攀比心还是上进心？妻子的"追求"让我苦不堪言》之评说，题目是后加的。

打圆场

下象棋认识了老刘。老刘今年七十有三。

一天，我们碰巧一块儿坐公交车。老刘腿脚慢，待我扶他上车后，车上已座无虚席。老刘只好陪我站在过道里玩吊环。车子启动，司机提醒年轻人给老人让个座。老刘动情地看了看司机，又回过头来一边打手势一边笑着说："谢谢，谢谢！你坐，你坐！我是当教师的，在讲台上讲课都是站着，多年来已经习惯了。"

事儿我看得一清二楚，其实，没有人站起来让座。但经老刘这么一说，车上的人，个个都一脸轻松，包括老刘自己。

2008 年 11 月 22 日

《打圆场》发表在 2008 年 12 月 16 日《齐鲁晚报·青未了·生活广记》。

女孩子千万别离家出走

　　女孩子谈婚论嫁，还是要多听听父母的意见，最好能得到父母的认同。父母管制，不全是坏事。我劝叶子，千万不能离家出走。女孩子离家出走，无异于鹿走山林。

2008 年 12 月 29 日

　　《女孩子千万别离家出走》发表在 2009 年 1 月 4 日《齐鲁晚报·青未了》，是读 2008 年 12 月 28 日该副刊所载《24 岁的我仍然挣脱不了父母的管制》之评说，题目是后加的。

听谁的

　　学校门前场地不大，每到放学和上学时间，门前总是车辆拥挤、人满为患。为此，学校领导安排专人维持秩序，要求接送学生的家长远离校门。但是，管理员举着话筒，声嘶力竭地喊破嗓子，家长也不愿后退一步。

　　吃着晚饭，儿子一本正经地说："老师开会说了，从明天开始，家长接送学生，西边的不能过那棵大树，东边的不能过那个小亭子。"说完，他还像领导开会般又强调了一下："爸爸，你可得记住啊，不能过那棵大树。"儿子说的那棵大树是棵大梧桐，距学校门口100米。

　　《听谁的》发表在 2009 年 3 月 19 日《齐鲁晚报·青未了·生活广记》。

第二天吃过早饭，我和往日一样，骑着自行车送儿子上学。

突然，儿子一边捶打我的后背，一边嚷嚷："不行，不行……得回去，得回去……让检查的老师看见，俺就不能评三好学生啦！"我这才想起儿子昨晚说的事，赶紧下车，一看，已经越过"三八线"十多米。我说："好好好，不往前走了，现在下来吧。"可儿子坐在自行车上就是不干。没办法，我只好退回到"三八线"。

"嘟嘟嘟——"转身一看，一辆奥迪车像只大黑蝉，也正慢慢地往"三八线"后退。车门开了，下来一个背书包的小姑娘，跑着喊着追赶她的小伙伴去了。

司机按下车窗玻璃和我打招呼。我们相视而笑，都说这办法真管用。

2009 年 3 月 9 日

借　口

　　朋友开了一个酒店。酒店是个快餐式的小酒店。酒店生意不错，天天客满。

　　一次，我在朋友酒店里闲玩，见一位顾客要买烟。朋友说，很抱歉，店里没有烟，并说，吸烟有害健康，还是不吸烟的好。这时，和这位顾客一块儿来就餐的人也都随声附和："就是嘛，吸烟有害健康，这么些人就你自己吸烟，弄得满屋子烟熏熏的，呛人不说，也让俺们陪着你一块儿吸烟，干脆从今天戒烟好了。"这位顾客连声说："好好好，不吸了，不吸了。"

　　又一次，我在朋友店的一楼大厅吃快餐，见二楼单间的客人下来要烟。朋友说，很抱歉，店里没有烟，

　　《借口》发表在 2009 年 4 月 17 日《齐鲁晚报·青未了·随笔》。

并说，吸烟有害健康，还是不吸烟的好。这时，客人手足无措，举目四望，怅然若失。看来，烟瘾上来也是怪难受的，朋友接着表示，可以去商店为他代买。顾客掏出钱，朋友让服务生去对面商店买烟，并告诉顾客，立等就来。

朋友为客人代买香烟，"实报实销"，分文不赚。

后来我问朋友，店里为什么不捎带着卖烟呢？朋友笑着回答，吸烟有害健康，劝大家都不吸烟，所以也就不卖烟了。

我忍俊不禁，知道朋友是在和我"耍花腔"。不卖烟，其中定有别的原因，谁也不会放着该赚的钱而不去赚。旋即，朋友也笑了，说，也曾卖过烟，不长时间就不卖了。我问为什么不卖了？多一项经营，就多一分收益。朋友说，其实不然，快餐式的小酒店，客人来也匆匆，去也匆匆，要的是个实惠，求的是个快捷，很少有人在这儿吸烟。再说，来就餐的，大多是三五个人一伙，也就消费五六十元，算起账来，收整抹零，让两三元，客人挺高兴，小本薄利，不让，人家也没意见。若是卖烟，情况就不同了，结账时不让钱，吸烟的会让你搭上盒烟。不搭吧，情面上过不去，人家在你这里消费，给你带来了利润，搭上盒烟还不行吗？搭吧，搭一盒，多少盒的利润都进去了，甚至把饭菜也给搭上了。因此，不如没有烟。不卖烟，还顺应社会发展。现在吸烟的人越来越少了，公共场所里不满意他人吸烟的人越来越多。

朋友酒店不卖烟，实为一种经营之道。朋友的做法，对人对己都有益。朋友的说法只是一个借口，但这个借口是美好的，让人听起来自然，合情合理，心悦诚服。

生活中，各行各业，因着各种问题，形形色色的借口层出不穷，越来越多。但是，并非所有的借口都如朋友酒店不卖烟的借口那样美好。不少借口离谱，不少借口丑恶，不少借口荒唐！"躲猫猫"的背后，掩盖的是不光彩的事实，有的甚至是欺诈百姓、伤天害理的罪恶！一位街坊说，某人借了他的钱不还，他把这个人告了，借据在手，借款人认账，赢官司是明摆着的事。赢了官司，也申请执行了，可就是拿不到钱。一天，他拿着一份报纸找到办案法官，要求追加债务人的妻子为被执行人（债务人的妻子是事业单位职工，有固定工资）。

你猜这个法官说什么？

法官说："不行，当时起诉时你没把他妻子一同列为被告。"街坊说："报纸上说的这个案子和我这个案子一样，也是借款纠纷案，起诉时被告也是一个，人家那法院能追加被执行人，为什么咱这法院就不能追加被执行人？"法官说："案子和案子不一样。"街坊说："哪儿不一样？"法官说："人家要求追加的是债务人的丈夫，你要求追加的是债务人的妻子，男女不一样。"

人，谁比谁傻多少？谁也不比谁傻多少！我的这位街坊推测，这个法官和被执行人肯定有关系。一打听，果不其然。

2009 年 4 月 10 日

面子工程

　　上级下文：严禁用公车娶媳迎亲。这一廉政措施，给各机关单位的头儿们帮了不少忙，有人找上门借车当婚车，"上级有规定……"头儿一句话就给打发了。当然，门子硬、关系铁的，事情还是"该咋办咋办"。上有"政策"，下有"对策"，只需把车牌遮挡一下就是了。

　　这样一来，遮挡的车牌成了公车的"符号"，进而成了用车人身份、地位和能力的象征。

　　老刘觉得自己在机关单位里混得不错，大小也算有个头衔，酒场上少不了和这头儿那头儿的见个面，碰个杯。老刘要给儿子娶媳妇，想用几辆公车撑撑面

　　《面子工程》发表在 2010 年 1 月 7 日《齐鲁晚报·青未了·生活广记》。

子。他跑了 N 个机关单位，头儿们都是以"上级有规定"婉言拒之。老刘觉得很没有面子，只好找私家车为儿子娶媳妇迎亲。尽管是私家车，老刘还是用"百年好合"将车牌给遮了一下，边挂牌子还边念叨说："这也算是面子工程呀！"

2010 年 1 月 3 日

眼　热

　　奖金没有了，福利没有了，光那点儿干巴巴的退休金，见上班的人发这发那，大兜小兜地往家拎，我眼热得不得了，更是眼热年轻人的风华正茂……

　　前天，在楼下碰见大佟，大佟摸了摸我的外套，很是关切地问："穿得这么薄，不冷吗？"

　　"不冷。"我说，"家里有暖气，又不大出门，出门也就是买买菜，散散步，不长时间就回家了。"

　　大佟说："看，你多好！交的这取暖费，值。俺这上班的，同样是交取暖费，一天二十四小时，也就是在家吃顿饭，睡宿觉，和你一比，亏老鼻子了。"

　　大佟又问："你整天在家都忙些啥？"

　　《眼热》发表在 2010 年 1 月 14 日《齐鲁晚报·青未了·生活广记》。

我说："没事瞎忙。读书、看报、喝大茶。"

大佟啧啧称羡。

想不到退了休还有让人眼热的地方。我拍着大佟的肩膀说："慢慢地熬。日月如梭，说退也快。"

2010 年 1 月 5 日

恰到好处

　　每年收取取暖费时，热力公司对客户都有一个书面承诺：供暖期间，保证室温不低于 16℃，否则，将全部或部分退还取暖费。六年来，热力公司的供暖工作都在不断探索与改进中。第一年 26℃；第二年 24℃；第三年 22℃；第四年 20℃；第五年 18℃；第六年，也就是今年，16℃，终于"恰到好处"。

2010 年 12 月 30 日

　　《恰到好处》发表在 2011 年 1 月 7 日《齐鲁晚报·世风眉批》。

电话难通

　　拿起电话拨号，传来的是悦耳的女声，"欢迎您……"之后，接着是提示性语言"若……请按 1，若……请按 2，若……请按 3"，选定一项之后又是一番热情细致的提示……层层过关，好不容易找到自己需要的服务项目，那边传来"对不起，您的电话暂时无人接听，请稍后再拨"。放下电话闭目遐想，这该不是耍人吧。

　　　　　　　　　　　　　2011 年 1 月 24 日

　　《电话难通》发表在 2011 年 1 月 27 日《齐鲁晚报·世风眉批》。

特殊待遇

　　储蓄所的两个营业窗口旱涝不均，一个窗口前三五个人，一个窗口前排起了长龙，我一进储蓄所就站在了人少的这边。"领农保吗？"储蓄所工作人员的眼力是高，一打量就把事儿看准了。我点头说"是"。"那边。"那边，就是排长龙的那个窗口。我去了那边，站在长长的队伍中往前一看，这才发现窗口的玻璃上贴着"新农保专席"五个大字，一种被另眼相看的滋味陡然生心头。

2011 年 1 月 26 日

　　《特殊待遇》发表在 2011 年 1 月 31 日《齐鲁晚报·世风眉批》。

领工资

县城有三家商业银行，三家都给代发过工资，这家代发两年，那家代发两年，转过来转过去，已经转了两三遍了。工资，哪家也没多给，哪家也没少给。每换一次，就交一次身份证复印件，从下月起，又换地方了，重新开户，另办工资折（卡）。虽然工资是我们的，让哪家银行来发却由不得我们说了算。工资账户成了银行竞相争抢的资源，这也确实体现了金融行业的激烈竞争，但无序的竞争给我们增添的只是麻烦。

2011 年 3 月 26 日

《领工资》发表在 2011 年 3 月 28 日《齐鲁晚报·世风眉批》。

左拐右拐

道口放着桌子，桌前坐着一个人。司机下车问路，那人一指："喏，左拐。"不一会儿，车子来到一个门口，那儿有人收费。

返回，走的是两条路中的另一条，这条路不光近，还好走，也不收费。来到道口，见那人还在桌前坐着，为路人指点迷津。我自言自语地说："去时若告诉咱向右拐就好了。"想不到，一石激起千层浪，一车人都笑了起来。笑得我有些不好意思。

"就是嘛，应该告诉咱向右拐。这是正道。"我理直气壮地说。

"告诉你向右拐，人家咋混钱？"

《左拐右拐》发表在 2011 年 5 月 23 日《济南日报·新济阳·闻韶风》。

"让咱左拐，是误导！是骗人！"

我越是着急上火，车上的人越是冲我笑，一个个笑得怪怪的。司机小刘按了一下喇叭，回了回头，开导我说："田老师，这种事搁现在很正常。你赚我，我赚你，都这样呀。"

我不解。

2011 年 4 月 10 日

都这样

一些时日以来，听得最多的一句话是："都这样。"

"都这样。"说这话的人，有做事的，也有受事的。涉及的，自是一些不该的事。于情不该，于理不该，于法不该。不该的事，却做；不该的事，却受——"都这样"。

"都这样。"做事的，以此心安，为了一己之利，有错不改，有过不纠，人家做我也做。受事的，以此自慰，吃亏不光咱自己，不抗不争，逆来顺受，王八过河随大流。

"都这样。"凸显说者权利意识淡薄。做事的，对他人的权利不尊重。受事的，对自己的权利漠不关心。

不尊重他人权利的人，不可能很好地去履行自己的义务。连自己的权利都漠不关心的人，让其尊重他人的权利，那是一种奢求。

2011 年 5 月 9 日

味的解读

细细品读，味味不同。

走在大街上，一阵风儿吹过来，打头的捏鼻子，说："味。"后边的说："是味。"于是，个个急步匆匆，屏气而行。这味，不是好味。

进了饭馆，坐下，点了一样菜，师傅将菜端上桌，她尝了一口，说："不是味。"他尝了尝，说："是味。"这味，指的是这样菜的正宗原味。

过了夜的一盘菜，她闻了闻，说："有味。"有味，就是馊了，这味，又酸又臭。去朋友家做客，朋友下厨，端上拿手菜，他动筷品尝，说："有味。"有味，就是有滋味。这味，是舌头味蕾所能感知的味道。读

《味的解读》发表在 2011 年 11 月 3 日《济南日报·新济阳·闻韶风》。

一篇文章，读后，她说："有味。"有味，是文章写得好，不落窠臼，言之有物，耐读，有嚼头。这味，也是一种滋味，一种人的大脑所感知的味道。

少油无盐，做出来的菜——没味。胡乱打搅，说些与事无关的话——没味。两个"没味"，前者是没滋味，后者是无聊、没意思。

味字前面加字与不加字，不一样的味，加字如加调味剂。加的字不一样，味就不一样。即使加的字一样，其他，如时间、地点、场合等不一样，味也不一样。

酸味、甜味、苦味、辣味、咸味……味名之多，不一而足。茄子，茄子味；韭菜，韭菜味；冬瓜，冬瓜味；猪肉，猪肉味；羊肉，羊肉味……有道是啥东西啥味。

人与人不同，所喜口味也有不同。有人喜爱吃甜味，有人喜爱吃辣味，有人喜爱吃酸味，从南京到北京，却没听说有哪个人喜爱吃味。吃味即吃醋。打马骡子惊，觉事。

朋友莫逆之交，说"够味"，不能说"够味的"。卫生死角，粪便满地、污水四溢、蚊蝇滋生、臭气熏天，说"够味的"，或说"很味"、"挺味"、"着实味",不能说那个地方"够味"。

男人有男人味,女人有女人味,人有人味。男人味、女人味、人味,都是指群体所具有的美的好的共性。笔者曾记得有一个女孩,她喜欢一个男孩,一次,男孩打篮球,脱下汗衫投给了女孩,女孩将汗衫抱在胸前,下意识地闻了闻。女孩一脸羞赧,毫不掩饰地说,喜欢他身上的男孩味。女孩说的"男孩味"和前面说的"男人味"大相径庭,差别,就在"男孩"和"男人",女孩说的"男孩味",是男孩肌肤散发出来的一种气味,是嗅觉所能感知的一种气味。雄性荷尔蒙与雌性荷尔蒙不同,男孩肌肤与女孩肌肤、男人肌肤与女人肌肤散发出来的气味也不同。无须赘言,深层里,是男孩渐显的男人味吸引着情窦初开的女孩。

男人和女人统称人,但人味并非是男人味和女人味的统称。男人味、女人味,是一种气质,内在的或外在的气质,像男人的勇敢、果断,女人的贤惠、温柔。人味,做人应当具有的道德与品质,人的良知与良心,"己所不欲,勿施于人"。有假小子,也有"大闺女",有的神似,有的形似,有的神形俱备。女人可以虎性阳刚,男人婆婆妈妈的也无妨,但做人必须规规矩矩,做人必须认认真真。

民以食为天。时下的街谈巷议中，最热门的话题当数"食品安全"。一些人，在食品的生产和销售中，只顾赚钱，置人的生命和健康于不顾，往食品里掺些不该掺的，用些不该用的，不客气地说，那叫没有人味。

2011 年 6 月 15 日

乞丐种种

跨个布兜或竹篮，里边放一只碗，拖一根细细的枣木棍子（防狗），进门就喊："大娘，给口干粮吃吧。"喊后在门口静静地站着，等。主人拿块窝窝头或饼子，或是端着一碗热粥从屋里出来，迎上去，双手接着。等了一霎，不见主人出屋就再喊："大娘，大爷，大叔，小姑……行行好吧，给口干粮吃吧。"或有人拿点吃的出来，什么地瓜萝卜红薯干，多少、好孬都不嫌，迎上去，双手接着。或有人拉开半掩的屋门，说一声："不巧，正没有干粮呢，再跑个门吧。"也有叫半天不见有人的。要着，感激不尽；要不着，也无怨无悔。转身，慢慢地走。在狗们的狂吠乱叫中，胡同里一家挨一家地跑。

这是乞丐，生活无着，衣衫褴褛，以乞讨为生。说乞丐，原本指的就是他们。乞丐，俗称"要饭的"，一个文雅的称呼是"跑百家门的"。过去，遇到荒年贱月，在乡下，在农村，以这种方式乞讨的人很多，很普遍。白天上门要饭，夜里就住村头的场院屋。在早有个说法：偷，丢人，要饭不丢人。偷的比人矮半截，要饭的拽掉讨饭棍和人一样高。

我对乞丐深怀怜悯之心，不仅是怜悯，还高看一眼。贫贱不移，清白做人，穷得要饭讨食，男不盗女不娼，难能可贵。在早，真有大闺女要饭的，这便有了"大闺女要饭，死心眼儿"的说法。

拿个竹板或二胡，进门不喊大娘，进门就唱，就打（竹板），就拉（二胡），这也是乞丐，老百姓叫"唱门的"。这些人要比上门光叫"大娘"的人讨的干粮多。是唱、是打、是拉，这些人中确有弄得不错的，堪称一技之长，不过真有一技之长的是极少数，绝大多数技艺平淡，不怎么样，干脆说就没有什么技艺，拿着竹板或二胡，只是弄个声响。施主一般不是被他们的演唱所打动，而是不忍心让其为了一口饭在自家门上也唱也拉的。"唱门的"后面又多是跟着一帮小孩子，乱哄哄的，不如快点拿口干粮打发走了的好。

蓬头垢面，袒胸露乳，手里握把尖刀，集上，尤其是进了腊月门的年关大集上，走到买卖人的摊前一站："恭喜发财！掌柜的，可怜可怜吧。"买卖人多是精明的，或钱或物立马奉上。也有不识好歹的犟种，真敢"怠慢"的。那就来戏了，啪啪啪！刀在胸脯上正拍了反拍，动作娴熟如理发师在蹭刀布上蹭刀。此时醒来也不晚，是钱是物乖乖地拿上，真要破了头，不是几个子儿就能了事的。至此，还有不怕的。不给吗？于是手捏刀刃，狠狠地，嗦的一下，额头上轻轻一拉，一股鲜红的血液如蚯蚓出洞，蜿蜒而下。给不给吧？给还不要呢！老子今日不走了。看热闹的围上来了，买卖还想做？掌柜的到底是怕了，赶紧托人说好的。敬酒不吃吃罚酒。这一刀不能白拉，血不能白流，钱，少了不行。不然就再来个狮子大甩头，弄个血流满面，"血星"四溅。

老百姓把这叫"劂头的"。来者不善，善者不来。劂头的带着一种硬逼强要之"恶"，给人的感觉是惹不起。这种乞丐，也算是乞丐中的败类，不妨就叫"恶丐"。恶丐也"善"，不是吗？其持刀伤的毕竟是自己，不是别人。

现在，吃的喝的穿的可说都不缺，温饱都已解决，生活都有了着落，已经没有乞丐了，"普丐"没有了，"艺丐"也没有了，"恶丐"也早就没了。在我的记忆中，还见过这样一种乞丐，那是小时候跟着父亲去赶集时见过的。

那是一个星期天，几个人大街上坐着闲玩，正说着话儿，拉着呱儿，一个人西装革履，大腹便便地走了过来。看那人的眼神是冲着我的邻座而来的。果不然，那人在邻座前笑眯眯地停下了脚步。邻座礼貌地站了起来。两个人握手，握手之后那人掏出一张请柬给了邻座，说了一声"恭候光临"。

"谁？挺面熟呢，哪单位的？"那人走后，邻座的另一邻座问。谁？邻座一下子还真说不上来，知其单位，知其姓啥，却忘记其名，于是翻开请柬看。"干啥的？"邻座的那邻座又问。"乞丐。"邻座说。

乞丐？我好生惊讶。仪表堂堂，这，这……这怎么能是乞丐呢！没拖讨饭的棍子，没挎布兜，没挎竹篮，没拿竹板，没拿二胡，没带劖头的刀子……

邻座与我理论，说："没有这关系那关系，又没有往来，只是认识，在一块喝过酒，给下请柬，这不是伸手要钱吗？这不是乞丐吗？"

我对邻座的说法实在不敢苟同。非要说人家是乞丐，那也得是乞丐中的白领，不妨叫"白领乞丐"，简称"白领丐"，以从本质上与乞丐区别开来。

2011 年 9 月 20 日

借与还

　　这话有二十年了。一天,我和我的同事出去逛街。两个人大街上走着,迎面过来一个人向我同事借钱,借30元,同事毫不含糊地给了他30元,并问:"够吗?"他想多给他点。他不要,说"30元足够了"。同事说,借钱的是他的一个街坊。两个人大街上走着,不多时又碰上一个,也向同事借钱,借20元。同事看我一眼,说:"俺俩是出来闲逛着玩的,身上都没带钱。"这人走开后,同事对我说,这也是他的一个街坊。"不好还账。借我50块钱,好几年了,不说也不提。不好意思和他要,要就是一口恼。"

　　没出一星期,同事的街坊来到办公室,还那30元

　　《借与还》发表在2012年9月24日《齐鲁晚报·青未了·文化传统与当下》。

钱。同事让座，泡茶，说，为这跑来，值吗？街坊说，进城办事，顺便过来。同事推让，说，30 元钱，不要了，权当请他吃顿饭吧。街坊说，不要还行！给的是给的，借的是借的，不在多少，借的就得还；老人的俗话，"好借好还，再借不难"。我听着，情不自禁地竖起了大拇指，起身给他满茶。

后来，我的这位同事调离了，转行了，升迁了。从此我们各忙各的，之间自是少了些联系。后来的后来，也就是今年的夏天，一天下午 6 点，我接到他的电话，让我去某酒店某房间，说"有人请酒"。酒店离我家不远，我放下电话抬脚便去了。房间里就两个人，他和他的街坊——办公室里还他 30 块钱的那个街坊。同事说："街坊请酒，特意让我招呼田老师过来坐坐。"我欠身施礼，有些不好意思。

喝酒，说话，三个人也说也拉。席间得知，同事的街坊这些年发财了，发大财了。街坊对我说，能混到今天这个样，多亏了同事帮忙。同事说："不能这么说，俺没帮什么忙，都是你自己干的，都是自己起早贪黑受苦受累忙活的。"街坊说："你借给本钱就行了，要不是你借给钱做本，俺难说能开起张来。"同事说："要说帮忙，也不过是帮你找了个门路，想了个办法，出了个点子。"街坊说:"帮着找个门路,想个办法,出个点子——事上帮忙比钱上帮忙更帮忙!你是钱上事上都帮了俺的忙。"街坊的感激之情,溢于言表。

"俺这个街坊,实诚,讲信用。那个就不行了。"同事不无感慨地说。同事说的"那个",就是那个想借20元钱的。我好奇地问了一句,那50元钱还了吗?他淡淡地一笑,轻轻地说:"没有。"我知道,同事不差那50元钱;我敢说,同事的那个街坊现在差的也已不是50元钱。

走出酒店,看看时间还不晚,我坚持完成一天最后的功课:走走,路灯下的大街上走一圈,然后去小广场里坐坐。大街上,车来车往,行人熙攘。小广场里,我静静地坐着,静静地想:街坊、亲戚、朋友、同学、战友、同事,相互之间"借"是常有的事,你借我的,我借你的,家有万贯也有一时不便。俗话说的"账目清好弟兄""有借有还"自古就是这么一个理儿,借账不还,看似沾光,实则不然。

2012 年 8 月 25 日

鸡叫成了噪音

农村曾经是家家户户都喂鸡，有的喂三只五只，有的喂十只八只。喂几只母鸡下蛋，是农家妇女心上的事。居家过日子离不开针线，缺针了、少线了，拿个鸡蛋去货郎摊上换；闺女出嫁了，今年吹喇叭，明年添娃娃，当娘的数着日子攒鸡蛋；从丝瓜架上铰个丝瓜，打碗丝瓜鸡蛋汤泡干粮，也是一顿饭；更是鸡蛋能卖钱，母鸡是农家妇女唯一可掌控的财源，家里丢头大牛她不心疼，丢只母鸡能疼得三天吃不下饭。喂鸡，喂母鸡也喂公鸡，母鸡下蛋，公鸡打鸣叫五更。

"鸡孵鸡，二十一。"孵鸡多半是在春天，经过 21 天的孵化，小鸡破壳而出。绒球似的小鸡一天一天长

《鸡叫成了噪音》发表在 2012 年 11 月 13 日《齐鲁晚报·青未了·文化传统与当下》。

大，长到秋八月，母鸡就开始下蛋了，公鸡就开始打鸣了。小公鸡打鸣，歪着脖子，咯一声嘎一声的，不成"句子"。经过一段时间的晨练，慢慢地，嗓子就放开了。白日里站在墙头上，站在草垛上，脖子一抻头一抬，"咯咯咯——"或是让人看，或是让人听，都很像回事了。

鸡如人，嗓音的好孬，有后天的练习，也有先天的遗传。有的天生一副好嗓音，叫声高昂清朗；有的生来就五音不全，叫声低沉沙哑。竞争是激烈的。最终主人只留下一只公鸡，一只雄健漂亮、嗓音洪亮、鸣声悠扬的公鸡。

一户人家的鸡组成一个小"部落"，主人留下的那只公鸡就是部落的首领。白天"咕咕咕"地领着一群母鸡去村头，去地边，去场院觅食寻欢；夜里司晨——打鸣叫五更。

"鸡叫天明。"雄鸡一声，驱散了魑魅魍魉，迎来了黎明曙光。下地干活的，鸡叫起来筛草喂牛整理套绳犁耙；出门远行的，鸡叫起来烧火做饭打点包裹行囊。这成了一种生活秩序。秩序的建立是公鸡的功劳，公鸡引以为豪。凭借自己敏感的生物钟，司晨报晓，地球独此一家。人类大笔一挥，在《三字经》里郑重其事地写下"犬守夜，鸡司晨"。司晨报晓，非公鸡莫属。

前些日子我回了一趟农村老家，并在老家住了一宿。偌大一个村子竟听不到一声鸡叫，这很是让人纳闷。出门问街坊，街坊说，现在户家已是没有喂鸡的了。吃鸡蛋呢？街坊说，买呀，和城里人一样，拿钱买，村头就有养鸡场。打鸣叫五更呢？街坊笑了，说，现在哪里还用得着公鸡打鸣叫五更！都有钟有表有手机了，定好响铃，想啥时候起就啥时候起。街坊说，前两年村子里还有几家喂着公鸡，都嫌噪音吵得慌，后来也就不喂了。

时钟、手机、公鸡，看似风马牛不相及，然而正是时钟和手机的普及应用，才让公鸡失宠、失业，这恐怕是公鸡没想到的事。

2012 年 9 月 7 日

别 问

　　别问，不是说在生活、学习或工作中遇到问题别问，这，该问还得问，要勤学好问，不耻下问。别问，也不是说见面时别问"吃了吗"。这，想问还是问，中国人的这一习惯问候，与洋人的"How are you?"相比，一点也不逊色。正当饭时，请人帮忙，问人家："吃了吗?"这，不仅是问候，也是规矩，该问就得问，人家若是还没吃饭，就稍等，或是一会儿再来。本文说的"别问"，是别"好事多问"，"没事闲问"。

　　晚饭后，张三提着礼品去了李四所在的机关家属院，大院里两个人走了个迎面。张三问李四："吃了吗?"李四说"吃了"，接着问张三："去谁家?"张三语塞。张三语塞，问题在李四，李四"好事多问"。明明见人家提着礼品，偏偏问人家去谁家? 这不是出难题吗! 人家若是走亲串友，可以理直气壮、正大光明地告诉你，人家若是去领导家，去头头家，或是为了一个事，去某家打点打点、走动走动，就不便告诉你了。试想，李四若是说："串个门？"这看似是问，其实不是问，于张三就好应答了，只需"嗯"一声，或是顺着也说"串个门"就是了。此时此地，说"串个门"，也是实话实说。

笔者所在的小城济阳，二十年前人们还多是住在平房里，卖豆腐的推着太平车子或骑着自行车，敲着梆子走街串巷。曾有这样一个卖豆腐的，你买他一斤豆腐，他能问你一大串事儿：几个孩子，男孩女孩，多大了？一个月多少钱的工资？可说有你想不到，没有他问不到。这叫"没事闲问"，问这问那，无非是想和人套近乎，拉买卖，让人买他的豆腐。殊不知事与愿违，查户口式的盘问，把人们问烦了，为了避开他的问，人们干脆就不买他的豆腐了。

与人碰面于街头巷尾，张口先问："干啥去?"或问："干啥去来?"这种"好事多问"，"没事闲问"可说司空见惯。"干啥去?"或"干啥去来?"这贸然的一问，把人问得好不尴尬，很不自然，让人无所适从。实话实说吧，不便，说谎吧，更难——一时难以找到合适的谎言。诚然，问者多是随便一问，不在意，不记心上，可说是一种无意识，一种不知不觉的习惯，问者也并非要被问者一定回答"干啥"，但问话本身却是埋下了回答不回答都有的尴尬。

相识的，见面说句话，打个招呼，是一种友好的表示。经常见面，一走一过中，一句简短的话语，一个简单的招呼，折射出一个人文化品位的高低。一个人，一个民族文化品位的提升是多方面的，见面说话、见面打招呼也应摈弃不良的习惯。一些"问"，不仅中国人不喜欢，外国人也不喜欢。据说西方人就很不喜欢别人问年龄，工资，结没结婚？他们把这看作是自己的隐私，尤其是女性。

"上班去"，"到街上"，"下班了"，"回来了"，"活动活动"，"散散步"，"串个门"，此类语言，既宽松又和谐，也便于应答，用在见面打招呼上，可说是蛮不错的。还有，招个手，点个头，一个微笑，一个称呼，都给人一种美的感受。

见面打招呼，不拘一格，因人而异，因时而异，因地而异，有时"回避"也是一种不错的选择。别问。

2013 年 8 月 27 日

信不信由你

　　一天晚饭后，几个人坐在大街上闲聊，熟人老生说他买的酱菜味道不好，有时吃了还闹肚子。我问他从哪一家买的？他说从哪家哪家买的。于是我就向他推荐了另一家，让他买这家的。

　　为什么？老生犯疑惑。

　　是你的亲戚吗？我说不是。是你的老乡吗？我说不是。是你的熟人吗？我说不是。他连着三问，我连着说了三个"不是"。老生更犯疑惑了，带着一脸疑惑看我。我说，我散步时常见这家的人遛狗。老生笑了，那笑是让人一读就懂的笑。其他几个人也都忍俊不禁。我轻轻地拍了一下老生的肩膀，意思是，伙计，你先

　　《信不信由你》发表在 2013 年 10 月 21 日《济南日报·新济阳·闻韶风》。

别笑，我还没把话讲完呢。

"这家的人大街上遛狗，在狗的脖子里系了一根绳子，那绳子很结实，主人始终牢牢地牵着那狗。"老生还是笑，竟嘿嘿地笑出了声，说："酱菜好孬，与这有啥关？""有关，很有关。"我把"有关，很有关"说得很重，老生不再笑了，认真地听着。

"道理很简单。"我说，"这家人外出遛狗，绳不离手，牢牢地牵着那狗，说明这家人有注意他人人身安全的思想意识。这种难能可贵的'他人'意识，定浸透到这家人社会活动的方方面面。这家卖酱菜，可放心去买。"

2013 年 7 月 5 日

盼得北风来

东西南北，四面风中，给我感触最深的是北风。

夏天阴雨连绵的日子，墙倒屋塌，衣物霉、柴火湿，庄稼淹死，这时我盼的是北风，尤其是西北风，那风一刮，雨就停，天就放晴。先是在西北天际处，云裂开一道缝，那缝越来越大，云就像一块偌大的幕，渐渐地收起，渐渐地往东南方向褪去，露出蔚蓝的天。正应了谚语，"西北风是开天的钥匙"。

夏天烈日炎炎时，我也盼北风，小北风轻轻一刮，天就凉快，我就收起蒲扇，敞开衣襟，尽情地拥抱这北来的风。2010 年 7 月下旬，天气闷热得很，济南有环卫工人在马路上被高温夺去了生命，农村也有年老体弱者不胜酷暑而撒手人世。7 月 31 日下午，年逾九旬的母亲说"有点憋得慌"，我赶紧让母亲去了客厅，客厅还算将将没给烤透。盼星星盼月亮，此时的我，最盼的是北风。老天有情，晚上，大约九点多，不到十点，北风来了。北风携着雨，给大地洗了个清凉。劲风过后，我打开了窗子。很快，室温由35度降到了32度。8月1日早晨起来一看温度计，室温已是29度了。经了这一年的高温酷暑，我也安装了空调，这是后话。

记得小时候家里穷，吃不饱，穿不暖，住房露着天。一年晚秋，秋雨连绵，老屋的土墙倒了，没有钱买砖，现成的土坯也没有，父亲就和泥扎墙，一层一层地扎，一层一尺多高。和泥扎墙，这活儿急不得，扎一层要抻好几天，等前面扎的硬了，能挺住后才能再往上扎。晚秋，日短天凉，墙干得慢，活儿还没干完呢，天就上冻了，上冻就不能扎了，上面没有封口的那一段，就拿秫秸来遮挡。那一年冬天，我最怕的是刮北风，怒号的北风携着雪花，钻进屋子里，打在脸上，刀割一样的疼。

北风降温，夏天给人的感觉是凉快，冬天给人的感觉是冷。同样是北来的风，夏天叫"冷空气"，冬天叫"寒流"。冷风似刀，冬天的北风原是不被人喜欢，不被人盼望的。

凡事都有例外，冬天也有人盼北风，四十年前就有。一年，某人添置了一件棉大衣，偏偏那年冬天不冷。不冷他也穿，那时穿棉大衣显得很阔。他穿上棉大衣，天天去大街上，可老天爷就是不给他面子，就是不刮北风。由于盼北风盼得心切，他大街上站着，不免自言自语："怎么不刮北风呢!"这是我所知道的，冬天盼北风第一人。

今年冬天盼北风的人忽地多了起来，不是一个，也不是两个，可以说，人人盼北风，天天盼北风。这不，都数九寒天了，还都巴着眼地盼北风。报纸电视也把"要刮北风"当作好消息来报道。盼得北风来，笑逐颜开。想不到，冬天的北风成了香饽饽。无须讳言，冬天盼北风的人中也有我。

人们盼北风，不是住得好了就盼北风，也不是吃得饱穿得暖了就盼北风，而是北风能驱散雾霾，霾对人之危害，比"刀"厉害。

2013 年 12 月 24 日

黑猪肉

"来，尝尝，黑猪肉。70块钱一斤。"一碗红烧肉端上桌，一席人都很礼貌地让我，让我先动。我筷子未动，心里先咯噔。好家伙，70块钱一斤，一斤顶6斤的钱！年前市场上的猪肉12块钱一斤挑着样买，要哪儿割哪儿。我瞅着碗里大块小块的猪肉，慢悠悠地说："白肉，红肉，红白相间，哪有一点黑色？"

"黑猪肉，绝对是黑猪肉，正宗的黑猪肉。"小A看我一头白发，不好意思地笑了笑，一本正经地说，"所谓黑猪肉，不是肉黑，是猪黑，是黑猪的肉。黑猪，毛黑，肉不黑。黑猪肉是黑猪身上的肉。"

噢，原来如此！我作恍然大悟状。

小C看我理解能力还行，又慢慢地对我说，现在市场上的猪肉都是白猪肉，在超市、集市和肉食专卖店，人们买到的可说都是白猪肉，很难买到黑猪肉。

黑猪稀少，过去稀少，现在稀少，自古以来黑猪就稀少，非常非常稀少，黑猪可说是猪的珍品，在封建王朝时，黑猪肉是向皇宫进贡的贡品。

我听着，洗耳恭听。

小 D 看我虚心好学，又滔滔不绝地说起吃黑猪肉的好处：降血脂，降血压，降血糖，消肿，减肥，利尿，通便，养血，安神，壮骨，强身，明眸，健脑，黑发美容，延年益寿……

我轻轻夹一块肉放嘴里，腮帮子很夸张地鼓动着。"怎么样？"小 G 笑眯眯地问。"不错，不错。珍馐美味！"我嘴里这么说，心里却是：什么什么呀，不就是猪肉吗！老汉吃黑猪肉可是吃了多年的，曾经沧海。以前是黑猪居多，白猪稀少，不用多么以前，三四十年前就是这样。有个歇后语是"乌鸦飞到猪腚上，看见人家黑看不见自己黑"，这个歇后语足以说明，猪原本是黑猪多。在某些地方，某些场合，猪的代名词就是"黑"。

黑猪由多到少，时下竟成了"珍品"，这与宰杀有关。杀猪与宰牛不同，宰牛扒皮，杀猪虽说也有扒皮的，但大多数是刮毛。牛扒皮之后就辨不出黑牛黄牛花花牛，都是一样的牛肉，一样的牛排，但猪刮毛之后还能辨别出黑猪白猪。黑猪的毛是黑的，身上薄薄的一层表皮也是黑的。白猪的毛是白的，身上薄薄的一层表皮也是白的。死猪开水锅里一烫，拿刮刀刮，皮毛很难说能刮得干干净净。若是白猪，刮不干净不要紧，白毛白肉皮，一个颜色，乍一看，是看不出来的。若是黑猪，刮不干净就坏事，黑毛白肉皮，很显眼，买肉的看见就挑刺，虽说肉是一样的，却是不好卖。在重外表、精包装的年代，黑猪就不被人喜欢，慢慢地也就被淘汰了。

　　我没好意思把事说破，担心说破会给被商家蒙在鼓里的人带来坏的心情。商品的外包装终究是要扯掉的，离谱的炒作，不着边际的忽悠，伤及的是社会诚信。

　　吃着70块钱一斤的黑猪肉，我想起四十年前的一件事，竟后悔得没法。那一年我喂了一头白猪，白猪在那时可是"珍品"啊，"珍品"却没有珍惜，竟当普通肥猪卖掉了，怎么就不打个"白猪肉"的牌子，狠狠地炒作一下，卖个好价钱呢？要是那样，恐怕早就发了。可又一想，很快就释然了，那时的人穷，穷人理智，不是好忽悠的。

2014年2月20日

头发的故事

　　那时我五十多岁，从单位内退了，在家闲得慌，外出打工。打工，干的还是老本行——教书。在济南市一所民办高中教书，教了三年。在一块打工的老师不少，多是已经正式退休，说年龄，要数我岁数小。课余时间老师们外出买菜、购物什么的，公交站牌下排队，我自是往后面站。投币上车，大哥在前，小弟在后，过道里一排挨个向车的后面挪动，一边挪动，一边寻着位子。车上常常是座无虚席。常常有这样的事儿：大哥前脚走过去，就有人站起来给后脚过来的我让座。每每我好生感激，道一声"谢谢"！一次，两次，三次，大哥们羡慕了，纳闷了，为什么乘客偏爱

　　《头发的故事》发表在 2014 年 3 月 25 日《济南日报·新济阳·人文济阳》。

给老田让座呢？我指了指自己的头发："头发白了。"头发白了，象征着老了，尊老爱幼是中华民族的美德。

晚饭后我喜欢走走，路灯下，沿着小城的大街走走。去年夏天的一个晚上，大街上走着走着，一个壮年汉子骑着人力三轮车，一轮一轮，从后面不紧不慢地蹬了过来。脚下的一段路不大好走，车子沉沉的，我想从后面帮他推一把，他不让，说"没问题"。话音未了，只见他一猫腰，车子就过去了。"散散步……大爷。""散散步。"我说。"活动活动好啊，活动活动能吃下饭。人老了就指着饭呢。"

路灯下，壮年汉子笑眯眯地望着我。他左手握着车把，右手打着手势对我说："大爷，我今年六十了，一顿饭能吃 5 个火烧！"六十了！我心里禁不住哟的一声，向他竖起了大拇指。头发黢黑，满面红光，浑身是劲儿，这哪里像个六十的人？看上去也就四十多岁。"大爷，你今年多大岁数了？"两个人素昧平生，大街上相遇，一走一过的，几步同行是缘分，为了避免不该有的尴尬，我没实话实说"六十七"，而是大拇指食指中指并拢一捏，打了个"七"的手势，意思是"七个零了"。"八十七？不像，"他看了看我的后脑勺说，"大爷，你后边黑头发还不少呢，看你……也就是八十一二的年纪。"

一家中药店开业，贴出招聘启事，招聘一名懂医药知识的老者坐堂，待遇从优。一个好活。一老同学跃跃欲试。我一盆冷水浇到他头上："甭去。去也是白去，十有十成不成。"他不听，还是去了。乘兴而去，败兴而归。事儿被我言中了。不出所料，面试没能过关。穿上白大褂柜台前一坐，形象欠佳。形象欠佳，并非五官不端正——老同学年轻时是帅哥中的帅哥，至今发黑如墨。这事不成，问题恰恰就在头发上。老同学说，药店老板看中的那一个如我，一头白发。

头发白了，有的人去发廊焗油墨染，有的人在壁镜前长吁短叹，我不染也不叹，头发白了有白了的好处。一是公交车上给让座的多。二是大街上叫大爷的多。三是显得通古、博学、"道业"深。小时候就听老人们拉过，狐狸精是"千年黑万年白"。

2014 年 3 月 4 日

一只鞋子和一串钥匙

去年夏天的一个晚上，我们几个人在一块乘凉，一个小伙子沿街散步走过来，发现马路边有一只童鞋，一只崭新的童鞋，便弯腰拾了起来。"谁的?""谁的孩子掉了一只鞋?"小伙子提着鞋子问。没人应声。我说："你把鞋子放在原处就行，掉了鞋子的人如果还想要，首先想到的是顺着原路来找。"果不然，不长时间，一个妇女低着头一路寻鞋子来了。

能往这方面想，是因为我也掉过一只鞋子。那是10年前，我从商店买了一双鞋，放在自行车筐里，到了家，老婆问："怎么买了一只鞋?"坏事，路上掉了一只! 我挠头，二话没说，赶紧原路返回找。没找着。商店距家也就1000米。

买双鞋子，路上掉一只，这样的事可说不多。骑着车子载着孩子，或是抱着孩子，孩子掉了鞋子，大人却浑然不知，这样的事可说常有，尤其是在孩子睡着时。

路遇一只鞋子，不拾为好。拿着鞋子找失主，远不如让失主按图索骥找鞋子来得容易。一只鞋子，于己无用，于失主，却有用。

路遇，不拾为好的还有钥匙——哪怕你是拾物寻主。五六年前，我有感于一个掉钥匙拾钥匙的事，写了一篇小小说挂在自己的博客里，题目是《老刘拾了一串钥匙》，今做一些修改，附于下。

老刘买菜回家的路上，见地上亮光光一串钥匙，上面还有一个精美的指甲剪刀，他便弯腰拾了起来。

老刘急失主所急，想失主所想，不顾老婆等他回家做饭，拎着菜篮子，拿着钥匙，逢人就问："掉没掉钥匙？"可问到天黑也没问着。

手里攥着钥匙，心里惦着失主，这让老刘睡不好觉，睡不着时就胡思乱想，想这想那，想前想后，想起念初中时，也曾拾到一串钥匙，那串钥匙没有这串钥匙大，上面也没有指甲剪刀。虽说事情已经过去30多年，老刘至今记忆犹新。

那是一天上午，上课前他去厕所，见操场旁边的草丛里有一串钥匙，他拾了起来，兴冲冲地跑到老师的办公室，喊了一声"报告"，敬了一个礼，把钥匙交给了班主任。做完课间操，学校的喇叭就刮风似的"呼——呼——"地响了一阵，接着就是悦耳的女声："初二·一班刘七同学，拾到钥匙一串，请失主到广播室来认领。"掉钥匙的是教初三数学的年轻女教师，人长得很漂亮，老师摩挲着刘七的小脑袋，夸奖了好大一阵子。

老刘笑了。天亮了。老刘觉得应当做个广告。

吃过早饭，老刘来到自己单位，进了局长办公室，对局长说，买菜的路上拾到一串钥匙。老刘想让局长在喇叭里咋呼一下，先从本单位问问，看能不能找到失主。局长望着老刘，愣了老半天才说话。"找？大千世界，茫茫人海，到哪儿去找？就是找到失主……"

局长没听老刘的，没在喇叭里替他咋呼。老刘摇头。他不信，不信在巴掌大的一个小城能找不到失主；不信找到失主，失主能不要，这可是一大串钥匙呀，看样子，储藏室门，防盗门……这门那门上的钥匙上面都有。

吃过午饭，老刘找来一块木板，自做广告牌，上写：

昨天下午约5点半，在此拾到钥匙一串。请失主到阳光小区 10 号楼 3 单元 102 室认领。

5 月 9 日

广告牌就立在钥匙失落的位置，很显眼。

吃过晚饭，老刘正看着电视，门铃响了。来者是个穿着入时的少妇。

"拾到一串钥匙?"

"嗯。"

老刘就是老刘，他没轻易地将钥匙交给少妇，先是认真地核实了一下，确认来人就是失主后，才把藏在袖里的钥匙拿了出来。

少妇接过钥匙，低头摆弄，老刘以为她是在数钥匙的把数，于是说："就是这些。一把也不少，我一点也没动。"老刘还想说什么，忽觉"气候"有点不大对劲，已到嘴边的话又咽了回去。

"手脚还挺麻利的。我接着回头去找，就没找着，原来是你拾了去。"少妇摘下剪刀，将钥匙往茶几上一丢，扭头而去。

老刘彻夜未眠。

2014 年 4 月 14 日

小　别

　　老马今年虚岁 61，也就是说，今年是老马的本命年。老马的老婆小老马一岁，今年虚岁 60，属羊。35年前，也就是 1979 年，老马 26，还是小马，老婆 25，还是嫩鲜的小媳妇。如今，小马成了老马，媳妇儿成了老伴。

　　这天老马的姐姐大老远地来了。姐姐一脸愁容。姐姐说，崽子两口子为了狗屁不值的一点事打仗，赌气出去了，两个月了，还没回来。

　　崽子就是老马姐姐的儿子，老马的外甥。

　　"媳妇呢?"老马问。

　　姐姐说："媳妇也走了。是媳妇先走的，媳妇走了两天，崽子爬起来也走了。两个人都扔下店铺不管了。"

　　老马给姐姐冲了茶，又给老婆冲茶。老婆笑了。

"笑啥笑?"老马说。老马说着，忍不住也笑了。两个人笑的是一个事。

35年前，也就是1979年，一天两个人也是为了狗屁不值的一点事打了一仗。她赌气走了，去了娘家。两个月了，他实在熬不住了，拖过车子就向着岳母娘家骑去。到了村头，下来车子，正琢磨着进家后怎么向岳母娘和媳妇赔不是呢，一棵大柳树后面闪出一个人，嘿，正是媳妇。她巴着眼正向婆家这边张望呢，张望了不是一天了。那天的太阳落得格外得慢，那天的夜格外得短，那天夜里，两个人都有了切身的感受：小别胜新婚。

说来也巧，今年老马的外甥也是26，外甥媳妇也是25，两个人结婚也是一年。老马对姐姐说，没事的……还有不打仗的吗，年轻人性刚气盛，出去待一段时间，回来就好了。老马把事儿说得很轻松。老马的老婆也对姐姐说，放心吧，没事的。

过了三天，老马就接到姐姐打来的电话。一听说崽子家来了，媳妇也家来了，老马就说："咱说是吧……没事的，出去待一段时间就好了。""是啥是……出去一段时间也没好。"姐姐说，"两个人，一个去了上海待了两个月，一个去了广州待了两个月，说回来都回来了，回来协议离婚。离婚该办的事都已经办完了。"

姐姐给老马打电话，是告诉他，崽子再婚的日子已经定了，让他去坐席。放下电话，老马不胜感慨：时代不同了，小别是新婚。

2014 年 5 月 19 日

第二卷

记忆

家乡的酱

酱，有大豆的芳香，有酿造食品的味美，清口开胃，增进食欲。

在笔者的家乡，济阳、邹平、惠民一带，酱曾是农民饭桌上的当家"菜"之一。在温饱尚未解决的年月里，庄户人家很少吃蔬菜，长年累月就是咸菜、辣椒、酱。

将豆子炒熟，去皮后放锅里煮，煮后发酵（约五六天就能发酵好，用筷子搅拌，一挑，有长长的黏丝），再晒干，制成酱坯子。用清水把酱坯子泡透，放上食盐（有的还要放点儿芝麻、八角什么的），上水磨磨，磨（推）下来就是酱。一说起"酱"，在不少地

《家乡的酱》发表在 2009 年 8 月 7 日《齐鲁晚报·青未了·人文齐鲁》。

方，人们指的就是这种豆酱，前面无须加"豆"字。

春天，花上一两毛钱，买点小葱，盛上一盘酱，一家人围着饭桌，放下筷子，拿起小葱，将葱叶往葱白上缠绕一下——蘸酱。地瓜干窝窝头，小葱蘸酱，算得上一顿美餐。没有小葱，就趁下地干活歇息的当儿，挖些苣苣菜，到家洗洗，最好是提前泡上个把小时。苣苣菜蘸酱，也吃得倍儿香。

下午放学后，拿个窝窝头，尖朝下，里边放上酱，洗上几棵小葱，挎上提篮，下地给猪拔草去。啃一口窝窝头，蘸一下酱，窝窝头吃光了，酱和小葱也没了。那情那景，那个香啊，现在的孩子无法想象。

葱花炝锅，把酱用清水稀释一下，在勺里煮开，浇在面条上，这就是老百姓的炸酱面！做起来简单，吃起来不简单，炸酱面关键是"酱"，酱真、味正。

家乡过去有种宴席，名叫"三半截"（顾名思义，宴席分前、中、末三截），席上有道菜就是大葱蘸酱。一道大葱蘸酱，烘托出"三半截"酒席的高档，显示着客人的尊贵。如今，生活条件好了，大鱼大肉吃得口腻舌滑，酒席上经常有大葱蘸酱，只是那酱多半是豆瓣酱或甜面酱，味道自然也就大不一样了。

秋天腌咸菜，春天推酱。看看各家差不多都把酱坯子做好了，有水磨的人家就将磨盘好，给大伙儿提供个方便，自己也弄点实惠（来推酱的，都要给磨主家留一碗酱）。

炒豆子，做酱坯子，是女人的活儿。推酱，这活儿也多半是女人来干。东邻西舍，几家的主妇们合伙，推了这家的，再推那家的。推酱，是有动静的活儿，水磨转，瓢盆响，更有娘儿们说说笑笑，叽叽嘎嘎地嚷。拿个窝窝头，一边干着活儿，一边尝，尝尝这家的，尝尝那家的，品头论足，谁家的酱色好，谁家的酱味好，谁家的酱咸了，谁家的酱淡了……院子里推酱，大街上闻香。串乡卖小葱的，自是冲着那院子起劲地吆喝："新割的小葱子——8分钱1斤！"

豆子炒得老，酱色深；豆子炒得嫩，酱色浅。发酵的好与坏，关乎酱的味道。酱，宜咸不宜淡。俗话说：省了盐，酸了酱。

现在，酱不再是农民饭桌上的主菜之一，农家户里也很少有做酱的了，当年那些做酱高手，多半也已驾鹤西去了。

小葱1块5毛钱1斤，照样买，就是没有酱了。去超市买瓶豆瓣酱或甜面酱，咋蘸也蘸不出那个味儿来。

不过，听说家乡农村大集上还有卖酱的，不知还是那个味儿吗。

2009 年 5 月 6 日

老家的豆豉

　　我的家乡济阳、邹平、惠民一带，农家小户秋天做的豆豉特别好，色秀、味美。

　　家乡的豆豉，除了食盐和水，还有两种原料：一种是大豆，一种是水萝卜。因此，家乡的豆豉，全称也可叫水萝卜豆豉。

　　将大豆炒熟，去皮后放锅里煮，煮后发酵（约五六天就能发酵好，用筷子搅拌，一挑，有长长的黏丝），发酵后再晒干，晒干后的豆瓣，家乡的父老乡亲把这叫"酱坯子"。酱坯子用来做酱，也用来做豆豉。条件好的人家，春天做酱时多半也把秋天做豆豉用的酱坯子一并做好，放在一个干净的布袋里，搁在老鼠

　　《老家的豆豉》发表在 2009 年 10 月 23 日《齐鲁晚报·青未了·人文齐鲁》。

寻不着的地方，专等秋天做豆豉。日子紧巴、豆子不多的人家，只能等秋天新豆子下来后另做酱坯子。

记忆中，家乡大田里有两种水萝卜，一种叫"八寸白"，一种叫"露头青"。由其名，知其状。八寸白：拔地而长，露地八寸，亭亭玉立。露头青：身藏地里，只露一头，青头白身，青白分明。家乡大田里鲜见红心萝卜，红心萝卜娇贵，似乎只长于济南市的北园。

秋天到了，水萝卜下来了，万事俱备，各家各户的主妇们扎上大襟，系上围裙，大显身手，开始做豆豉了。

将水萝卜洗净，切成小方块，放到开水锅里焯一下。喜欢吃绵软或牙口不好的，就焯得狠一点儿，喜欢吃脆硬或牙口好的，就焯得轻一点儿。焯好，用笊篱捞出，晾凉，然后，连同酱坯子一同放入凉开水中，加入足量的食盐，腌一天一宿后，即可食用。腌的时间越长，色越深，味道越好。

酱坯子与水萝卜块一起腌，水萝卜块中就浸入了酱色，淡淡的。豆瓣，酱色；水萝卜块，或淡淡的酱色中透着白，或淡淡的酱色中透着青。盛一盘豆豉在桌上，秀色可餐。豆瓣的酱香、水萝卜的清香，相得益彰，香中有香。坐等干粮的当儿，你会急不可待，夹一块水萝卜放嘴里，外软、内脆，香、咸，清口，夹一个豆瓣放嘴里，轻轻一嚼就是酱。

豆豉的汤，有酱油的色泽，有酱油的味道，不是酱油胜似酱油。有了豆豉汤，谁还打酱油？

家乡的豆豉，下饭，堪称高档小菜；下酒，敢与山珍海味共席论长短。

已有三十年没吃到家乡的豆豉了！

如今，家乡已不再是家家户户秋天腌咸菜、春天推酱了，家乡富裕了，白面馒头，有鱼有肉，顿顿炒菜，谁还腌咸菜推酱？多了吃不了，少了不值当，想吃买点就是了。不知乡亲们秋天还做豆豉否？

2009 年 8 月 9 日

难忘的情与境

四合院。一排房子横亘其中，将四合院隔成前院和后院；中间有穿堂，两边有通道，前后两院相通连；大门面街朝南，后院的东北角有个便门通向操场；操场是开放式的，与外界相连，可谓四通八达。后院的中间靠后有个土台子，土台子的四周用砖砌成，里面是夯实的黄土。前院有几棵大刺槐，土台子的西北角有一簇香椿。这就是我记忆中的仁风完小。学校开大会，搞演出什么的，多是在后院，那土台子就是主席台。

一天的下午，全校师生集合，是开大会还是专搞文艺演出，已是记不清了，只记得有我的节目，还清

《难忘的情与境》发表在 2010 年 6 月 21 日《济南日报·新济阳·闻韶风》。收入本书时，做了一点修改。

楚地记得节目中的一句台词："汽车汽车等一等，我家奶奶要进城。"之所以对这句台词记忆深刻，是因为故事与这句台词有关。为配合这句台词，我做了形象、生动、逼真的表演。台上，我慢步跑着，望着已经缓缓启动的"汽车"，一边招手一边喊："汽车汽车等一等，我家奶奶要进城。"

我的表演进入佳境，台下掌声四起。

四起的掌声戛然而止。

我跌倒了。台子上铺的是大绿帆布，我跌倒在帆布上，没能一个激灵站起来。台上台下都慌了神。台下的老师跑上台，台上的老师跑过去，把我扶起，我站立不稳，老师扶着我原地不动静了静。

一位老师领我去了办公室，拉过椅子让我坐下，给我倒了一杯开水。随后，几位老师都到办公室看我。老师们看着我这个骨瘦如柴的学生，个个默然无语，怜悯、无奈、无助，又有几分忐忑不安。我喝了那杯开水后，觉得眼前清亮了许多，想回家。老师们相互递了一个眼色，去了办公室外。一会儿，一位老师进来告诉我："吃了饭再走。"

在学校就餐的就几位老师。老师们领我一块儿去伙房吃的饭。吃的是地瓜面窝窝头就咸菜，那窝窝头一点糠菜也没掺，很好吃。老师们都是按定量掐着数吃饭，都劝我：慢慢吃，吃得饱饱的。我有些不好意思。

　　这是 1960 年春天的事。事情虽说已经过去半个世纪，我却至今难忘，难忘那情，难忘那境。

　　　　　　　　　　　　　2010 年 6 月 18 日

糠糠亦康康

说到糠糠，有些人可能没吃过，没见过，甚至听都没听过，但笔者却吃得不少。什么老豆角糠糠，胡萝卜缨子糠糠，扫帚菜糠糠，婆婆丁糠糠，地瓜叶糠糠，榆叶糠糠，等等。细细数来，吃过的糠糠足足有20种。

将青菜择好，淘洗干净，滴去浮水，放在面盆内，先撒细盐少许，一边撒一边翻腾，使其咸淡均匀；然后再撒面，也是一边撒一边翻腾，使面均匀地沾在菜上。这些都做好了，上锅蒸（开锅后用筷子翻腾一遍，以便熟得均匀），蒸熟后就是糠糠。不知别的地方叫什么，在我的家乡济阳，人们把这叫糠糠。做糠糠，叫

《糠糠亦康康》发表在 2010 年 7 月 1 日《齐鲁晚报·青未了·人文齐鲁》。

揉糠糠，将菜、面、盐揉和在一起。一个"揉"字，形象贴切至极。

啥东西都有个优劣之分，糠糠也是如此。依笔者之见，老豆角糠糠，胡萝卜缨子糠糠，扫帚菜糠糠，婆婆丁糠糠，称得上糠糠中的四大名糠。

老豆角，并非已老枯干瘪的豆角，而是老而不枯，体态丰满，富有肉感的那种。将老豆角洗净，切成一寸长的段，多放些面粉，面裹豆角，段段相黏。老豆角糠糠，筋道、肉头，虽说是糠糠，一点也不"糠"。

胡萝卜缨子需是鲜绿经霜的才好，经霜一打，那花一样的绿叶就软了，怪味也小了。胡萝卜缨子糠糠，干酥、松软，有人更是喜欢胡萝卜缨子糠糠的怪味，是别的糠糠所没有的。

扫帚菜，学名地伏，吃其嫩尖和嫩叶，春夏两季均可采摘。扫帚菜糠糠，和胡萝卜缨子糠糠一样，既干酥又松软。

婆婆丁，学名蒲公英，去掉老的花朵与花茎，取其叶或全株，用清水洗净即可。婆婆丁糠糠，白面里裹着翠绿，晶莹透亮，绵软可口。

老豆角、胡萝卜缨子、扫帚菜、婆婆丁，唯婆婆丁最稀罕。婆婆丁，有清热、解毒、利尿、散结之功效。婆婆丁的药用价值高，保健功能强，不少人用来泡茶、打汤尚且求之不得，笔者却每年都能美美地用来揉糠糠，大有暴殄天物之嫌。只缘得天独厚条件好，笔者所在的小城，紧靠母亲河，每年春风春雨过后，河滩内的蒲公英就黄黄的一片。

生活困难时期，天天吃糠糠，现在则吃点糠糠调换口味。如能常吃，绝对刮油、减肥，降血脂、降血压。因此说，糠糠亦康康。

2010 年 6 月 24 日

六月二十四

　　不清楚别的地方如何，我的家乡济阳、惠民、邹平一带，农家百姓兴过农历六月二十四。这天，中午蒸馍馍、熬汤，晚上包水饺。

　　这天的中午，母亲做熟饭，先是盛上一碗汤，碗上放一双筷子，筷子上放一个馍馍，双手捧着，走到火屋门口，朝天一望，接下来就是一阵念叨。晚上，水饺熟了，母亲又是先盛上一碗，碗上也是放一双筷子，也是双手捧着，来到火屋门口，也是一阵念叨。我不知道母亲都是念叨些啥，但母亲那份虔诚很是让我动容。

　　儿时的我，对六月二十四，既盼，又不盼，心中

　　《六月二十四》发表在 2010 年 8 月 5 日《齐鲁晚报·青未了·人文齐鲁》。

是矛盾的。盼的是,六月二十四吃馍馍,吃饺子,碰着一年,中午的汤里还能有点肉。不盼,是因为,过了六月二十四,"麦"就过完了,接下来的日子里,除了过年过节,就很难吃到馍馍了。母亲说,六月二十四捏饺子,就是"捏嘴"。

有人说,六月二十四是下雨的日子,下大雨的日子。我曾好奇地去观察,观察的结果是:这天并不一定下雨,下雨也不一定是下大雨。六月二十四和六月二十二、二十三、二十五、二十六没有什么区别。

记得一年天旱,麦收之后,老不下雨,旱得大地冒烟,禾苗焦枯。于是人们就盼,盼六月二十四。六月二十四清晨,父亲站在天井里,仰天一望:"唉,没雨。"父亲见我疑惑不解,就说:"刮的是东风。'旱刮东风不下雨,涝刮东风不晴天。'"

记得有一年雨水勤,庄稼先是长势不错,可雨不能再下了,再下,就涝了。再过几天就是六月二十四,人们自是都揪着个心。怕啥来啥,这年的六月二十四真的下起了雨,大雨如注,一下子就给下"饱"了。村里墙倒屋塌,坡里一片汪洋。"经得住十日旱,经不住一日涝。"父亲仰望老天。低云西去,依旧是东风。

记得一年天旱,进了六月下了透地雨。六月二十四，伏雨淅淅沥沥地下，不大也不小，润物细无声。父亲透过门帘，向外望着，自言自语："有钱难买五月旱，六月连阴吃饱饭。"没等我问，父亲就解释起这话的意思：五月里旱点，好，有钱难买。五月里收割麦子，锄草，定苗子，旱点好，春苗就是旱蔫蔫了，旱得打了绺，也不要紧，正好蹲苗。只要六月里连阴天就行，庄稼得了伏雨，扎下水根，眼看着长。五月里雨水多，不好，一是麦场不好打，拖拖拉拉地能到大秋，麦子都发霉生了芽子；二是地耪不迭，草苗一齐长，那就荒了。

"秋旱如刀剐。""七月十五定旱涝，八月十五定太平。"抻了好长时间，父亲又唠叨起这两句农家谚语。看得出，父亲高兴的眼神中藏着几分忧虑。六月二十四，旱涝尚不定，坡里长着的只是一地青苗，这一年，收与不收，收成好与不好，一切还都在镜子里。

不是旱就是涝，不旱不涝、天遂人愿的年头少，正所谓，旱三年，涝三年，不旱不涝才三年。在那生产力低下，旱不能浇，涝不能排，一切劳作全靠人工的年代，庄户人家吃饭，靠的全是天。

如今，我已年过花甲。"而立"之前，过六月二十四，所见所闻，多是父辈们焦灼、期盼、忧虑的眼神。

嘎嗒辣椒

"而立"之后，离开了农村，住上了高楼，"躲进小楼成一统"，不再关心旱涝和风雨，天天米面肉，不再寻思吃，不再寻思喝。一天一天，日子过得飞快，一年一年，竟把六月二十四给忘了。今年忽地想了起来……

不知父老乡亲，还过六月二十四否？

2010 年 7 月 30 日

济南的水

　　看着那些纪念济南泉水复涌的报道，近日心底也涌出了一些记忆深处的故事。

　　那是 1972 年春天，我因给学校购买教学仪器，去了泉城济南。宿于历山宾馆。历山宾馆和省教学仪器供应处相去不远。买好仪器，办完事，按说第二天就该走了，我却没有走，又多住了一天。多住这一天，不为别的，就为济南的水。济南的水好喝，没喝够。

　　这天，我没逛街赏景，也没进店购物，就待在宾馆里，一心一意地喝水。一天喝下来，喝出了水平，喝出了肚量，喝笑了一楼服务员。喝着济南的水，遂想起了老海家，觉得老海家的虽说是妇女，却有真知

　　《济南的水》发表在 2010 年 9 月 9 日《齐鲁晚报·青末了·人文齐鲁》。

灼见，一点也不"娘儿们"。

我很想带点济南的水回去，让她尝尝，却苦于没有能将水带回去的家什。老海家有两个闺女，两个闺女都长得楚楚动人。大闺女已经出嫁，二闺女小红也22岁了，还待字闺中。

按街坊，我管老海家的叫婶子。见到海婶子，我说起济南的水，那是泉水，是多么多么好喝，说得她那心一动一动的。"是吗？""我还能跟你说着玩？""你咋不带点来，让俺尝尝。""真想给你带点来，就是没有家什。"

我说："海婶子，把小红说到济南好了。"没想，这句话竟招她一顿笑"骂"。"济南，济南那是咱庄户人家攀的吗？"

村子里的人都知道，老海家嫁女有个硬条件：男方村里的吃水得好，水不好，一切免谈。她的观点是：吃、喝，事大，两件大事，水就占了一半，马虎不得。大闺女定亲时，她能提着水桶，亲自到男方的吃水井里打上一桶水，来家烧水、泡茶、熬粥、炒菜、做汤，挨着个地尝试。

小红的一个初中同学热恋着小红，小红也很有意思，那孩子挺好，长得又帅，还是现役军人。按说是很不错的，可那孩子村里的水质不好，虽说现役军人以后不一定回本村，可蒲公英似的，也说不定落到哪里，那水是甜，是苦，谁知道？为这，当娘的就是不开口。

连同她的男人老海在内，都说她挑得太严，笑她娘儿们事多。任凭他人怎么说笑，她的老主意就是不变："不能把孩子送到苦水里去。"为了闺女的事，老海也拿她没办法。

转眼到了1976年春天。一个星期六的下午，我放学回家路过海叔的家门时，站在门口的海叔说："来，家来咱烧水喝。"我说："不干渴。"海叔说："喝喝就干渴了。"

喝喝就干渴了？我发愣，一时没琢磨出这话是啥意思。海叔拍着我的肩膀，笑着，拥着，进了他的家。

北屋的方桌下，沉沉地放着一只封盖、有进水口和出水嘴的新雪花铁桶。"济南的水！"海叔指着那水桶对我说。"济南的水？"我惊讶地弯下了腰，说不上是看还是闻，提了提，得三五十斤！"济南的水。假不了。"海叔一脸的自豪。不简单！离济南150里地，济南的水，居然能弄得一桶，着实让人刮目！

海婶子笑眯眯地进屋，手里提着一把烧水的铁壶，也是新的，也是雪花铁的。海叔提过水桶，小心地往壶里倒水。

我想回家拿茶叶。海叔说："茶叶？我有。不能下茶。咱就喝白开。下茶，怕是糟蹋了这水。"

不知不觉，两壶水喝光了，直觉渴。"两个人别喝了。济南的水是越喝越渴。"海婶子笑着说，"明天俺还拿这水待客呢！"海叔来了个补充说明："明天趁着星期天，你婶子请小红的媒人。""媒人，谁？"我好奇地问。"能是谁……"海婶子冲我笑。我如堕五里雾中，心想，媒人，我啥时候当过小红的媒人？遂问："女婿是谁？哪里人？""还是小红那同学，那个军人。刚退伍转业，安排在济南啦！"海婶子乐得两眼眯成了缝。

原来，那天我说济南的水好，海婶子听了一直忘不下，越想越渴，渴得两眼直冒金星，忽然眼前一亮，给小伙子亮出了奋斗目标。

2010 年 9 月 5 日

卖牛记

　　生产队有头母牛，繁殖能力极强，为这，队长发狠要卖了它。三秋大忙季节，农活多，是卖牛的好时机。

　　这天仁风大集。临上集，队长嘱咐说："贵点贱点不要紧，卖了就行。"队长还说："要是把牛卖了，两个人晌午就在集上吃顿包子。"盼着队长说这话呢，那时一顿包子是莫大的奖赏，劳动一天的工分还不值一顿包子钱。

　　牲口市里，两个人守着一头大黄牛，等买主的到来。快晌午了，还没把牛卖了，一顿包子眼看就要黄了。春哥说，再等等。

　　《卖牛记》发表在 2010 年 12 月 31 日《济南日报·新济阳·闻韶风》。

紧性的庄稼，磨性的买卖。等啊等，还真等来了要茬。买牛的也是两个人，两个人都很在行。看身段，看膀子，看腿骨，看蹄子，看牙口，从上到下，从前到后，把牛认真仔细地看了个遍，断定这牛好活、好草、温顺、老实。或许是怕有看不透的地方，买方打探性地问："正是秋收秋种，一个忙时候，这样好的牛咋舍得卖？"我心里一阵发毛，对这突如其来的一问，不知如何回答。还好，春哥应对得体："急着用钱花，不卖不行。秋八月，买牛的都是急着用，不是好牛，牵来谁买。"

买方看中了牛，谈妥了价，付了钱，换了缰绳（卖牛不卖缰绳，这是家乡的习俗），买卖就妥当了。两个人心里那个高兴就甭说了，牛卖了，卖的价钱也不低。春哥把钱收好，向我递了个眼色，转身就走。两个人一个前一个后，做贼似的，头也不回，恨不得一步迈出牲口市。

"哞——"紧走慢走，大牛的一声哞还是没等我们走出牲口市就传了过来。"要坏事！"春哥说。怕的就是这，一旁玩耍的小牛听到母亲的呼唤定是蹦蹦跳跳地跟了去。果不然，接下来就是买牛人的粗喉咙大嗓门："哎——，卖牛的……卖牛的，回来……回来！"

我装作没事地问："咋?""回来。别装糊涂!"买牛的没好气。

没法,只好折回。

买方伸着手,一个劲地嚷嚷:"拿钱来!不买了,不买了。不说不提的,半地里多出一头小牛!"我们自知理亏,赔着笑脸说好话:"小牛刚断奶,不好隔,要不……再让个钱。""让钱也不行。"买方态度决绝,"咱啥话也别说,你们利利索索地把小牛留下。俺队长说了,带小牛的,贱贵不要。"

大牛被人拽着走了。哞哞地叫着,一步三回头,像个身不由己、撇下幼子改嫁的母亲。春哥和我,两个人合力抱着小牛,眼里都噙着泪。

小牛也有牛脾气,乍离开大牛,更是不好整治。牵着不走,打着倒退,说又说不听,牛头木耳,左冲右突,到处找妈妈。两个大活人让个小牛犊子整得身心俱疲,别说吃包子,连水也没顾得喝一口。

费了九牛二虎之力,总算把小牛拢到了家。到了家,已经过了晌午,两个人早已饥肠辘辘,各自回家,回家吃了几块凉地瓜。

卖牛的钱一分不少地交给了队长。队长说:"你们两个人也太俭省了,怎么就舍不得吃顿包子呢?"两个人这才说起小牛的事，哪想，队长一听就火了："两个人算是对付了，一个直实二大爷，一个刚下了学校门，都是大闺女要饭——死心眼子。人家不要不会拽了吗？集上，坡里，哪里拽不了一头小牛？还再把它弄回来！"

——不是当家人难有当家心。事后一想，也不怨队长发火，耕牛受法律保护，不得随意宰杀，生产队草料不足，牛多了，喂不起呀。

2010 年 9 月 23 日

该来信了……

　　固定电话进入千家万户，也就20年，手机与电脑进入普通人家的时间更晚。在这之前，一个在这，一个在那，两地之间的联系，靠的是书信。书信与电话不同，与电子邮件也不同。那时人们盼信、等信，"见字如面"的心情，很难通过现在的打电话或发E-mail来体味。我至今难忘当年写信时的倾注和拆信时的急切。我也给人读过信、代人写过信，写信自是也要读信，写了，读读，让人听听，哪儿言不尽意，再修修，再改改。每每，听信人都是一脸的殷切、仔细与认真。

　　那时，家人、亲戚、朋友、同学、战友、恋人，依依惜别时，总是叮嘱一句："到了，写个信。"可谓

　　《该来信了……》发表在2011年3月30日《齐鲁晚报·青未了·文化传统与当下》。

"家书抵万金"。

当年交通不便，书信的投递也慢。就说在我的农村老家吧，收到省内的信，快，也得3天；慢，得5天。收到北京、上海的信，快，5天；慢，得一个星期。收到吉林、黑龙江的信，快，一个星期；慢，得10天。收到云南、贵州的信，快，10天；慢，得等半个月。

"该来信了……"一年三百六十五天，天天有人这样念叨。母亲念叨闺女，父亲念叨儿子，妻子念叨丈夫……恋人更是心急如焚、望眼欲穿。

每逢佳节倍思亲，越是春节越盼信。条件所限，大老远的，人来不了，就盼来封信。见信如见人。

"该来信了……"我见过当爹当娘的盼儿女的信能拿着马扎坐等村头，也见过为妻的盼夫信不好意思地伫立门口。嘀铃铃……邮递员绿色的自行车在胡同头上一停，立刻就有人围上来，有孩子，也有大人。一个胡同内，谁家有出门在外的，街坊邻里都清楚。"谁谁谁来信啦！"不等邮递员从邮袋内把书信拿出来，围着的人已是想当然地大着嗓门咋呼。书信未见声先闻。这时，收信人或正在邮递员的身旁跐脚看，或听到咋呼声，趿拉着鞋，正忙不迭地从家里往外跑。若邮递员一边开着硬板夹子，一边说"拿戳儿"，一定是汇款单或挂号信！定得把人乐得连跑带颠。新兵、新生、刚出门在外的，第一次往家写信，邮递员不知道收信人的家在哪里，拿出书信，说出收信人的名字，就会有人指给地方，说，那……到那个胡同头，往里一拐就是。孩子们听了，呼啦啦，跑着跳着，小鸟般在前面带路。

上个世纪 60 年代，我在外念书，短不了有书信往家寄。想来，邮递员一开始也是不知道我的家，后来就知道了，就熟记了。那位邮递员姓苑，他去村子送信、送报，栉风沐雨，几十年如一日。一开始是小苑，一年一年，小苑成了老苑。老苑后来当了邮政所的所长，再后来老苑就退休了，退休后住进了县城，在县城颐养天年。前年，老苑见到我，不无感慨地说："大娘身体挺好。这么些年了，她还敢认我。"老苑说的"大娘"是我的母亲。我在县城教书，父亲去世后，母亲也从乡下来县城住了。母亲小脚，没去过远地方，离农村老家 60 里地的县城，对母亲来说绝对是异地他乡。在县城的大街上，在茫茫人海中，九十高龄的母亲，竟能认出当年的邮递员！个中是娘当年对儿的惦念："该来信了……"

2011 年 1 月 30 日

沙土裤

将三五尺长的一幅布料对折，两边缝合，开口的一头裁剪出"领窝"和"腋窝"，两个肩膀头上钉上扣子或带子，这就是一条"裤"——婴儿裤。穿的时候，里面放上沙土，便叫"沙土裤"。沙土裤，也叫"沙土布袋"。说它是"裤"，因为穿在身上，上下一体，堪称"连衣裤"。说它是"布袋"，是因为一头开口，一头封着，酷似一条米袋子。穿的时候，光溜溜一个小身子都装了进去。

现在 40 岁往上的人，农村生农村长的，大都穿过沙土裤（城市生城市长的，恐怕也有人穿过沙土裤，城市和农村从来就没有截然分开的界限），从呱呱落地到蹒跚学步，穿沙土裤将近一年。黑夜穿，白天穿，能一天 24 小时都穿着。不用说，拉屎撒尿也在沙土裤里。妈妈一天三时给宝宝换沙土裤。早上一次，中午一次，晚上一次。冷天热沙土，热天凉沙土。换沙土，也换裤。

在早，农家人做饭用的都是土灶铁锅，拉风箱烧柴火，停了风箱，住了火，拿沙土勺（口径约20厘米的铁勺）挖一勺沙土，放在灶膛内。吃了饭，刷了锅、洗了碗，妈妈就给宝宝换沙土裤。灶膛里取出沙土勺，先摸一下沙土是否烫，烫就等等，热天里得等到沙土凉透。把沙土倒进沙土裤里，先是晃晃，然后伸进手去再摸摸，温度适宜才将宝宝放进去。宝宝躺下后，需将沙土往前匀匀，让沙土垫在宝宝的小屁股下。

添了小孩的人家，要选个好日子待亲戚，这个习俗可说齐鲁大地各处皆有。在济阳、惠民、邹平三县交界的地方，人们多是把这个日子定在孩子来的第8天或是第12天，去走亲戚贺喜的大多数是妇女，所带礼物多半是鸡蛋、挂面和油条，另有三五尺老粗布，这三五尺老粗布就是做沙土裤用的。苍天悯人，那时的老粗布似乎是专为宝宝们织的。质地柔软，保暖，吸水，做沙土裤挺好。

沙土有好也有孬，好沙土，细而柔，通透性好，吸水性强，不粘皮肤，晒干后金火火、亮晶晶，风吹如影飘，掬手似水流。给宝宝储备沙土这活儿，想得最住的是妈妈。趁着好天，趁着工夫，年轻的妈妈，不嫌脏，不怕累，拿着铲子，拎起沙土布袋，去土场上运来沙土，晒干，过箩，像存放粮食那般，存放在一个既干净又不潮湿的地方。为了挖到好沙土，有的要去好几里地之外。

现在农村添了小孩待客的习俗依旧，亲戚朋友的贺礼却变了，不拿鸡蛋了，不拿挂面了，不拿油条了，也不拿做沙土裤用的布料了。这些都已变得微不足道，家家都不稀罕了。亲戚有远近，朋友有厚薄，贺礼有多的，也有少的，多少都是拿钱。

据说现在农村还有人给宝宝穿沙土裤。

2011 年 2 月 29 日

悠悠场院情

　　场院，打谷物、晒粮食的地方，不种庄稼了，便终年"闲置"。过去，村头都有场院，种地，没有场院不行。"庄稼没有场，孩子没有娘"，农家人把"庄稼没有场"和"孩子没有娘"等同起来，可见，场院对于庄稼是何等的重要。"庄稼好不好，看场就知道"，场院曾是庄稼地的缩影。

　　最先上场的庄稼是麦子，最占场的庄稼也是麦子。麦子，轧了头秸轧二秸，打了头场打二场，烈日炎炎，大地如炙，牛拉碌碡，吱吱呀，吱吱呀，一场一场地轧，一遍一遍地打，若是雨季来得早，麦场拖拖拉拉能到大秋。

　　"六月六，看谷秀。七月七，掐谷吃。"进了农历的七月，秋庄稼开始成熟。先是高粱谷，接踵而至的是玉米、大豆、花生及各种小杂粮，场院里从七月一直忙到九月。过去，庄户人家有个说法：十月一关场院门。

其实，场院的"门"一年四季都是敞开的。就是不过秋，不打场，不晒粮，场院也时时都能派上用场。

正月里闹元宵——舞龙、舞狮、踩高跷、玩旱船在场院；唱大戏在场院；要把戏在场院。放电影也在场院。有的场院，就是农村小学的操场。

春天，农家修房子盖屋，要脱坯，在场院。

夏天，场院是消夏纳凉的好去处。吃过晚饭，男人们提个马扎去场院，把天井和大门前的空地留给女人们。场院里，男人们三个一团，五个一圈，抽着旱烟，摇着蒲扇，说东道西，扯南侃北。男孩子吃了晚饭，呼朋结伴，也是去场院，先是一阵狗乱、狼窜，乱够了，窜累了，来到大人的身边，躺在铺好的草席上，在清澈见底的星空中，找七星北斗，找牛郎织女，找自己的梦。

冬天，白日里男孩子在场院里打蹦，打格，玩陀螺，女孩子跳房子，踢毽子。一到晚上，不分男孩女孩，玩的都是一样的黄鼬拉鸡，一样的捉迷藏。月明如洗，东场院西场院，叽叽嘎嘎的，尽是孩子们的玩笑声。

场院里有间屋，叫场院屋，打场晒粮时看场人在里边睡觉，并把打场用的家什放在屋内。场院屋有的有门，有的没有门。正是这没有门扇的场院屋，曾让天下"寒士"俱欢颜。一些逃荒的、要饭的，就住在场院屋内。天寒夜长路漫漫，场院屋就是行路人的店。不少老人的记忆深处都有个场院屋，或许只住过一宿，却是没齿不忘，每每想起，多是苦涩却又难忘的往事。

如今，收割庄稼已是机械化，曾是最用场院的麦子成了最不用场院的庄稼。麦熟一晌，看看麦子焦头了，联合收割机地里走一趟就了事，麦粒入仓，秸秆还田，根本用不着场院。如今的村头已是没有场院了，渐渐地，场院上的故事也就尘封在历史的记忆中。

2011 年 4 月 1 日

上大盒子

过去，生产力低下，经济条件差，老百姓的日子普遍的穷，遇到婚丧大事，一家一户的财力捉襟见肘。众人拾柴火焰高，于是人们就合伙结社，几个或多个户家自愿结合在一起，一家有事，多家参与，或钱或粮都凑份子。社，有"红社"，有"白社"，为娶媳妇结的社叫"红社"，为丧事结的社叫"白社"。

我的家乡在济阳县的东北边陲，过去也是穷乡僻壤，乡亲们过的也是穷日子，婚丧大事邻居街坊自是也结社。结社之外，还有个习俗是，一家娶媳妇，百家蒸馍馍，蒸了馍馍往娶媳妇的人家送，乡亲们把这叫"上大盒子"。一份大盒子 5 斤馍馍，4 个或 6 个一

《上大盒子》发表在 2011 年 6 月 23 日《齐鲁晚报·青末了·人文齐鲁》。

斤，娶媳妇那天的前三两天给人家送去。娶媳妇的人家收下馍馍，回赠火烧。火烧扁圆，大小如大枣，皮是黏米面的，里面是枣或麸子，团好后，放在锅里烙，不熟就出锅。火烧不大，寓意深远：新婚夫妇和和睦睦黏合在一起早生福子。

娶了媳妇，待了亲戚，娶媳妇的人家还要答谢上大盒子的，每户2斤馍馍一碗汤，汤的内容随季节而定，冬天就是白菜粉条豆腐汤，汤的上面还有两片肉和两三个油炸丸子。场子里的人抬着大食盒、拿着单子一家一户地送。新中国成立后，"红社"、"白社"渐渐地都没了，"上大盒子"却一直延续着。有位街坊名叫许爱芝，1971年他儿子娶媳妇时，5斤馍馍只留3斤，过后就不再分馍馍了。这一改革很是顺乎民意，一呼百应，自此一份大盒子由5斤馍馍改为3斤。

现在说起上大盒子，有人可能觉得有点好笑，贺礼竟然是5斤馍馍，5斤馍馍算什么！现在5斤馍馍真是算不了什么，可那时5斤馍馍真是5斤馍馍。5斤馍馍都是特意蒸的，因为平时家里哪怕是老人孩子吃的都是窝窝头，有时窝窝头里还要掺上糠菜。娶媳妇的人家得用人帮忙，得招待亲戚朋友，大吉大利大喜的日子，生活也得搞得好一点。平时的窝窝头要换成馍馍，人多用饭多，吃馍馍就是一个不小的困难，一家一户没有那么多的面粉。一家娶媳妇，百家蒸馍馍，这家 5 斤，那家 5 斤，聚少成多，困难就解决了，媳妇就娶家来了，事就办过去了。

上大盒子就是邻里街坊间互帮互助乡情的体现，家乡有这样一种说法，娶媳妇落个媳妇，生孩子落个孩子。那时也讲究礼尚往来，也难免往而不来，也能不来却往，都不介意，几斤馍馍，少吃口就有了。

改革开放后，人们的吃饭问题解决了，天天吃馍馍了，据说家乡娶媳妇上大盒子也已不再。时下的喜酒盛宴却常让我想起家乡，想起家乡当年的上大盒子，难忘那份淳朴与真诚。

2011 年 5 月 1 日

过节上坟和奶奶的忌日

据我所知，农村庄户人家都过农历的七月十五，但可能未必知道七月十五是中元节，只知道七月十五是鬼节，上坟祭祖的日子。

过去在生产队时，七月十五能杀猪，一个生产小队杀一头，一个人能分半斤肉。生产队能杀猪的节日不多，春节、八月十五，再就是七月十五。七月十五，生产队分韭菜、分冬瓜、分南瓜、分茄子，葱也分，正旺长的大葱，刨上半垄沟，每人分几棵。生产队的瓜园也多是尽可能地撑着，等到七月十五拉秧、拔园，虽说是立了秋的瓜，每人分点，饭桌、祭桌上一摆，有总比没有强。

《过节上坟和奶奶的忌日》发表在 2011 年 8 月 11 日《齐鲁晚报·青未了·人文齐鲁》。

上坟是有日子的。寒食、七月十五、十月初一（农历）、逝者忌日，这些都是上坟的日子，上坟与上坟也有不同。在笔者的家乡，出嫁的闺女，在父亲或母亲去世后，寒食或十月初一要回娘家，和娘家人一块上坟，忌日上坟的则多是逝者的儿女。而七月十五上坟的是本家的人，出嫁的闺女七月十五不回娘家，这是七月十五上坟与寒食、十月初一、忌日上坟的不同之处。上坟祭祖，七月十五这一次是对逝者一视同仁的家祭，这和过年祭祖一样。

说起七月十五，就想到我的奶奶。我不记得奶奶，奶奶去世时我还年幼不记事。奶奶姓董，娘家是本镇高家村。听说奶奶临终有个心愿，从奶奶的临终心愿也可看出农家人对七月十五的重视。奶奶有儿无女，没有闺女，或许就觉得少了最能想着自己忌日的人。那一年，病榻上的奶奶对老天爷说："我没有闺女，就让我死在七月十五吧。"老天爷成全了她，就在那一年的七月十四，奶奶走完了她的人生路。街坊邻里都说，奶奶老在七月十五也是一种造化。这里需要补充说明的一点是，我的老家在济阳县仁风镇，仁风这一带，有"七月十五过十四"的说法。

父亲是孝子。奶奶去世后，我家七月十五上坟祭祖都是父亲的事。转眼到了改革开放后的 1988 年，父亲已是 80 岁的老人。七月十四这天，我说："爹，上坟的事就让我去吧。"父亲还是不让。也就是这天，父亲上坟祭祖回来，吃着饺子对我说："想着，以后想着：七月十五过十四。七月十四，你奶奶忌日。"哪想，这竟是父亲告别人世前对我的嘱托。5 个月后，父亲就走了。

2011 年 7 月 18 日

嘎
嗒
辣
椒

冬天的暖脚砖

过去，生产力低下，粮食缺，不少地方烧柴也缺。农家百姓，一年的种植，收获不多的柴草，除去喂牲口、烧火做饭，难有剩余用来冬天生火取暖。天冷，生不起火，白天就晒暖儿，敞开北屋的门，让南天的太阳照进来，奶奶倚门而坐，拉着小孙女的手，不停地晃动着胳膊，嘴里唱着那古老的歌："紧打箩，慢打箩，磨面来蒸馍馍……"夜里，没了太阳，落下大地一片冰凉，冷屋凉炕，布衾似铁，生不起火，能用得起、办得到的，就是烧块半头砖暖脚烫被窝，这办法来得简单，而且无须另花本钱。

将大小适中（半砖，或六七分砖）、平整干净的砖

《冬天的暖脚砖》发表在 2012 年 2 月 16 日《齐鲁晚报·青未了·人文齐鲁》。

块放入灶膛内，借着做晚饭的火，砖块就烧热了。吃过晚饭，把砖块掏出来，用块破粗布包扎好，这就是暖脚砖。将暖脚砖放在被窝头上，蒙好、盖好。睡觉时，两脚推着暖脚砖，慢慢地，一边烫一边倒，被子就不凉了。倒下后，脚心贴着暖脚砖，不多时，冰凉的脚就暖和了，就热乎了。脚热，心热，全身就热。

灶膛容量有限，烧不了几块砖，人口多的人家，只能照顾老小病弱。家徒四壁，数九寒天，熬碗高粱粥让老父老母趁热喝下，烧块暖脚砖让老父老母早点儿睡觉。一块暖脚砖，曾让昔日的孝子们聊以心安。

砖，吸热快，散热慢。砖头块，得来也容易。御寒求生，是人的本能。想必，自从有了砖，人就用起了暖脚砖，一代一代，沿袭相传。我的老奶奶，1955年去世，享年87岁。一块暖脚砖，能用得乌亮光滑。每当冬天过后，老奶奶仔细地将暖脚砖收好，金砖似的放着，下个冬天再用。

早年的集市上有烫壶，瓷的，扁圆，直径大小如铁饼。烫壶内灌上热水，和暖脚砖一样的作用——暖脚烫被窝。可烫壶没能取代暖脚砖。直到上个世纪70年代，暖脚砖才渐渐地被"烫瓶"所取代。这时，家家有了暖壶；农村医疗条件好了，输液治疗的多了，有了葡萄糖瓶子。因陋就简，人们拿葡萄糖瓶子灌上热水当烫瓶，暖脚烫被窝，一试，还挺不错。葡萄糖瓶子耐烫、易传热，轻便滑溜、皮塞封口严，费水也不多，一暖壶水能灌三四瓶。烫瓶较暖脚砖，温度好控制，也干净。

老汉我今年六十有五，生在农村，长在农村，三十"出家"进城。现在小城冬天集中供热，楼阁居室温暖如春。在温暖如春的居室内，我想起了暖脚砖，想起了在那寒冷的冬天，小小的暖脚砖曾给人的温暖。

2012 年 2 月 9 日

一看就是山东人

　　1966 年 11 月 22 日，这天，我和我的两个同学，一行三人，来到江西省南昌市。下了火车，到了一家红卫兵接待站。这时天色已晚，安排下住宿，领了就餐证（免费食宿），就去食堂吃晚饭。

　　来到食堂院内，见两个中年妇女扎着围裙，正吃力地从一辆小货车上卸面粉。学雷锋做好事，三个人不由分说，挽了挽袖子，也搬起了面袋子。她们先是不让我们搬，怕弄脏了我们的衣服，怕累着我们。哪能拦得住！我们照搬不误。进出仓库，快步如飞，她们搬一袋子的工夫，我们能搬两袋子。三个人都是二十岁的小伙子，都是庄稼人的孩子，压根儿就没寻思

　　《一看就是山东人》发表在 2012 年 4 月 30 日《齐鲁晚报·青未了·人文齐鲁》。

脏和累。卸完了车,两个中年妇女情不自禁地向我们竖起了大拇指,操着南方人的普通话,一个问:"红卫兵小将,山东的吧?"我们一边点头,一边说"是"。另一个说:"一看就是山东人。"

"一看就是山东人。"这是我第一次听到人们这样说,我的两个同学也是第一次听到人们这样说。三个人都纳闷,是哪儿让人一看就是山东人呢?此时此地,此情此景,三个人都明白,"一看就是山东人"分明是赞誉,只是不明白赞誉的什么。

开饭的时间早已过去,餐厅里就餐的人已是寥寥无几。三个人个个一身白乎乎,在空荡荡的大厅里格外引人注目。一定是卸车的中年妇女把事情说了,食堂里的工作人员都向我们投来赞许的目光。吃了饭,我们又帮着工作人员洗碗、洗筷子。洗完碗筷,工作人员要给我们洗衣服,我们不让,说自己洗洗就行。

回到住处,脱下外面套着的褂子和裤子,灯光下,紧忙地洗。洗好晾上,明天起床还得穿呢。洗着衣服,来了两个人,两个男人,是接待站的。其中一个像是负责人,进屋就说:"山东的红卫兵小将们,我们的工作做得不好,让你们受委屈了。"

吃的住的都挺好,我们以为他说的是洗衣服的事,便不以为然地说，没什么，没什么。我们越说没什么，他们越是一副于心不忍的样子。"我们明天一早就派人去联系高粱。早饭……还是馒头和大米，再将就一顿，中午一定让你们吃上大馇子。"咦，想的不是一个事。"不要去联系高粱"，"可别去联系高粱"，"吃馒头、吃大米就行"。唯恐拒之不及，三个人，他说他说我也说。接下来，饮食起居细细一拉，他们笑了。大伙儿都笑了。

　　原来，我们又是卸车，又是洗碗洗筷子，这让接待站的工作人员好生感动，便产生了实实在在地为我们做点什么的想法。想来想去，想让我们在南昌也能吃上可口的家乡饭。他们误认为山东人好吃大馇子，便有了这戏剧性的一幕。正是这戏剧性的一幕，让我至今难忘，难忘接待站工作人员那美好的初衷。

2012 年 3 月 22 日

黄河上的"鲁生号"客轮

滨州市情网上记载：1955年10月，黄河第一艘客轮"鲁生号"首航泺口—北镇区间，载货45吨，客位142个。网上有人问："谁见过黄河上的'鲁生号'客轮？"有人答："早就成废铁了。"

黄河上的"鲁生号"客轮，我见过，印象中船体灰色。到底是深灰、浅灰还是蓝灰，已是说不准、搞不清了，当时对这没大在意。见过是因坐过，坐过不止一次，那是在德州二中上高中时。那时交通不便，更是因为家庭经济困难，为了省钱，从家去德州，就坐船到泺口，再从济南坐火车；从德州回家，就坐火

《黄河上的"鲁生号"客轮》发表在2012年7月19日《齐鲁晚报·青未了·人文齐鲁》。

车到济南，再从泺口坐船。船票相对汽车票便宜，火车票学生享受半价优惠。

鲁生号客轮，上客、下客都集中在泺口和北镇。泺口，是南泺口。北镇，就是现在的滨州。在泺口和北镇之间，沿线设有"船点"，供乘客上船下船。济阳县境内有三个船点，从上游往下排，依次是大柳树店、济阳、小街子。小街子船点距离泺口约有150里。这里说的"船点"，其实就是一个坝头，一个便于鲁生号停靠的深水坝头。坝头的近旁有个草棚子，算是"候船室"。

小街子船点离我家18里地，当年我就在这里等船，在这里上船下船。在这里等船的人不多，三个、五个，有时就我一个人，夜幕下，浪涛拍岸令人心悸。鲁生号的汽笛声沉闷而悠长，听到汽笛响，等船的人大了胆子，走出草棚，站于坝头上。夜色中水气茫茫的河道里，黑黢黢一个庞然大物衔着一团灯火，若明若暗，缓缓驶来，这便是鲁生号。笛声过后，等船人两手搭成喇叭状，大着嗓门、拖着长音拼命地呼喊："有——上——船——的哟——"有上船的，或是有下船的，鲁生号才靠岸，靠了岸，抛下锚，船员打着手电筒，放下一页长长的跳板。在手电光的指引下，一个一个，一晃一摇地走上甲板。船上已有好多人，有的已经睡了，有的还小声说着话儿。从小街子到泺口，票价1元2角。上船买票。船上卖汤面，有清汤面，也有打卤面。一碗清汤面1角6分钱加2两粮票，一碗打卤面2角钱加2两粮票。我买上船票，再买碗清汤面热乎乎地喝下，也便睡觉。

一觉醒来，到甲板上走走，夜蒙蒙，水茫茫，只有机声隆隆，黄浪滔滔。从北镇去泺口，客轮逆水上行，要避开大流，拣水流相对平缓又不致搁浅的地方走。一位师傅坐于船头，撑着标有尺度的长杆，不时地往水下探着，一边探一边用行话向舵手报告水深。为了安全，师傅让我回客舱。再次醒来，晨曦已在水面上洒下斑驳的光。眼前是华山。驶过一个梭头弯是泺口黄河铁路大桥。火车过桥，客轮穿洞，上下汽笛齐鸣。穿过桥洞，就是人车熙攘的泺口码头。

泺口码头有售票处，也有候船室。候船室沿河而建。乘客检票后，出候船室的东门，沿阶梯而下，就是所要乘坐的鲁生号客轮。

白日里，河中帆船点点，有的逆水，有的顺水，间或有横渡者如梭。逆水的贴边，纤夫水边走，一步一叩头。顺水的随波，收起橹桨，扬起风帆，一路欢笑一路歌。或运石，或运煤，或运木头……沉沉的，浪涛拍舷，激起水花一片。8 点半，鲁生号客轮从泺口码头起航，大流中，浩浩荡荡，逶迤而下，越千帆，过百舸，没有能与之争流者。岸边杨柳，一抿而后去。堤上汽车，同向行驶的似蠕动，逆向行驶的如贼窜。下船，上岸，回头河中看，鲁生号客轮已远去天边。

　　我最后一次乘坐鲁生号客轮，是从泺口回家，时间是 1968 年 6 月底。从那，没再坐鲁生号，也没再见鲁生号。进入 20 世纪 70 年代，黄河入海年径流量逐渐变小，山东河段 1972 年出现自然断流，鲁生号也只能停航。如此算来，鲁生号客轮在泺口—北镇区间，前前后后也就跑了 15 年。在母亲河上乘坐鲁生号客轮，成了我人生中珍贵的经历和美好的记忆。

2012 年 2 月 20 日

父亲和老宅上的枣树

每每回到故乡，看到老宅，总是情不自禁地想起那棵枣树，想起我的父亲。

1957年春天，一天下午，父亲领我去移枣树。要移的枣树在一个场院边两行枣树东边一行的北头，是一棵小树，长在大树底下的一棵小枣树。小枣树拼命地长，长得细而高、树冠很小，即使这样，也没能突破重围、摆脱掉大树的压抑。为了生存，不得已，又弯腰向着东北方向长。

虽说是棵小树，可与扁担相比还是大多了，门里怎么拿也拿不进。邻居帮忙，托的托、提的提，好不容易从墙头上将枣树弄进了家。挖坑，培土，浇水，

《父亲和老宅上的枣树》发表在2012年5月14日《生活日报》。但题目不是这个题目，文字也有较大删减。

好大一阵子忙活，把枣树栽好，已是傍晚时分。年已半百的父亲，坐在天井里，吸着烟，望着小小年纪就已驼背的枣树，向我说起"在人下为人，不在树下为树"的道理。年仅 10 岁的我，凝神聆听，似懂非懂。

精心打理，细心呵护，父亲像对待孩子般对待小枣树，可别的枣树芽子都老长了，这棵枣树还是不见动静。邻居来串门，有的围着枣树看，说："老不发芽，怕是死了。"可父亲不言放弃，仍是不停地浇水。一场春雨过后，枣树吐出了嫩绿的新芽。

一天，一天，枣树吃力地伸展着叶子。叶子瘦而小，让人好生怜悯。我想多给枣树上点粪，父亲不让。父亲说，头一年，勤浇水就行，粪多了会把树烧死。这一年，枣树艰难地维持着生命，羸弱的叶柄上竟还结了几颗枣子。

小枣树摆脱了大树的压抑，获得了新生。第二年，父亲在树的周围挖了几个坑，上了好多鸡粪，枣树枝繁叶茂，一年盛过一年。很快，树冠就遮住了半个天井。只是，朝东北方向的那根老枝依旧弯着，叙说着曾经的日月艰辛。

枣树怕涝。1959 年、1960 年、1961 年，连年多雨，平地变汪洋，幸而老宅的地基高，枣树躲过了洪涝，之后 40 多年里，在村子里是最大的一棵枣树。

七月十五见红枣，八月十五打罢了。有一年，枣子熟了，我攀到枣树上，抓着树枝使劲地摇晃，枣子就噼里啪啦地往下落。晃过一阵，父亲拿根杆子递给我，让我打。我说，不用打，近处的摘摘，远处的再使劲晃晃就行了。父亲还是把杆子递给我，说："有枣没枣打一杆。打打，来年挂枣多。"

"有枣没枣打一杆。"这是一句俗语，后来，我不止一次地听父亲说到它，却并非在打枣时。记得我念初三那年，没钱交学费，父亲想去一家远亲家借钱，想去，又不想去，犹豫再三，还是领着我去了。"去看看……"父亲说，"有枣没枣打一杆。"

家境贫寒，父亲年事已高，供我念书实在不容易。"有枣没枣打一杆。"如今每当想起父亲说这句话的情境，我还是止不住流泪。看似轻松的话语中，是求人之难的无奈。

2012 年 3 月 20 日

天上的时钟

看时间，不看手表了，而是看手机。这是当今大街上的一道风景，是城市大街上的一道风景，也是农村大街上的一道风景。人们都有手机了，裤兜里装着手机的，比手腕上戴着手表的多，多得多。

看时间，不再抬头遥望钟楼，而是低头抬手撸袖口。这是二十世纪八九十年代城市里的一道风景，这时城里人都戴上手表了。打开收音机，听听广播电台在播啥，由广播电台播着的节目来推断时间。这是二十世纪七八十年代农村的一幅生活写真。说不定正巧，从收音机里传出"嘟——嘟——嘟——，嘀——"的响声，"刚才最后一响，是北京时间×点整。"

《天上的时钟》发表在 2012 年 8 月 6 日《齐鲁晚报·青未了·文化传统与当下》。

没有手机，没有钟表，也没有收音机时，人们看时间，白天看太阳，夜间看月亮。我知道，在我的家乡是这样。

1963 年的秋天，我跟着父亲夜里看坡，看守自留地里的地瓜。这天夜里，一觉醒来，见月亮从东方天际冉冉升起。父亲说："半宿了。""咋知道是半宿呢?"我问父亲。"二十二三，月出半夜天。"父亲又说，"二十二三，天亮月正南。不信，明了天你看看。"

天亮了，我抬头看月亮，月亮真是在正南。我感觉挺新奇。父亲告诉我，明天月亮不到正南天就亮，往后几天，月亮是一天比一天出来得晚，"二十八九，月亮出来走一走。"往后的几天里，我留心观察，还真是呢! 我在镇上念高小时，学校上早操和早自习。学校离家五六里路，得早早地起。月明如洗，夜如昼。父亲透过窗户看月亮，不早也不晚，准时喊我起床; 西沉的月亮被屋挡住的日子，父亲就探着身子从窗户往外看，看西屋在天井里的阴影。我背上书包拿上干粮，来到村头，同村的伙伴们，或早一霎或晚一霎，也都起来了。

在我的家乡，我前面的两代人——父亲这代人和爷爷那代人，在我的记忆中是清晰的。他们都会看月亮。看月亮的圆缺，能知道农历是什么日子；看月亮在天上的位置，能知道夜间的时间。爷爷是木匠，在我的脑海里，有爷爷踏着月光去台子赶集的记忆。天井里，爷爷看看天上的月亮，一边拾掇着赶集要卖的撑子、板床子、锅算梁子什么的，一边说："到台子就大天老地明。集上也就开始上人了。"这里附带说一句：台子西边不足二里地的田家村，是我的祖籍，是爷爷的出生地。

"大二小三，月亮一竿"，"初八九，半宿走"，"十五六，两头露"，"十七八，天黑摸瞎"，"二十整整，月出一更"，"二十二三，月出半夜天"，"二十八九，月亮出来走一走"。

"今人不见古时月，今月曾经照古人。"一代一代口口相传，一代一代观察验证，一代一代分析琢磨，才能看月亮读时间，读得八九不离十，差秒不差分。

如今，月亮依旧在天上，有谁还能读她？

2012 年 5 月 18 日

关于笔的读音

笔，是使用率很高的一个字。这个字我读"北（běi）"，从上小学到现在，我一直是读"北"。不知是启蒙老师用旧拼音（ㄅㄆㄇㄈㄉㄊㄋㄌ……）就这么拼这么教的呢，还是人们都读"北"所以我也读"北"？当了教师以后，知道笔的普通话读音是"bǐ"。知道归知道，"上有政策，下有对策"，我行我素，笔，我仍旧是读"北"，觉得这样好读。

当教师，教的是高中数学。我喜欢并鼓励学生给我纠错。纠正数学方面的错，也纠正课堂语言中的错。某学生名字中的"祯"字，我念成了"zhēng"，学生当即就说"错了。念'zhēn'"。彼此，我读"北此"，

《关于笔的读音》发表在 2012 年 7 月 16 日《齐鲁晚报·青未了·文化传统与当下》。

学生说"错了。读'bǐ此'"。几十年的课堂教学中，学生给我指出的读错了音的字，少说也有一箩筐；笔，我一直是读"北"，却没有学生说读错了，一个也没有。

上个世纪90年代初的一天，和我相识的某年轻妇女，领着上小学的儿子在大街上问了我一道算术题。小学算术题有的并不容易，我想记下来，抽空思考一下，遂问她："带北（笔）了吗?"哪想，小家伙立刻给我纠正："念'bǐ'，不念'北'。"年轻的妈妈脸上一阵红，先是肯定儿子说得对，接着对儿子说"大人都念'北'"。大人都念"北"? 小家伙两眼瞪得滚圆。

小学生长大以后，慢慢地就摸着"北"了。借人的笔用，先"哎"一声，给对方一个提醒，然后一只手伸着，一只手在纸面上划拉（打手语），对方就心领神会地把笔递过来；或者说"我用用你的北（笔）"。明明知道笔——"北"不符合普通话的要求，还是说，笔的普通话读音愣是说不出口，尤其是男士向女士问借时。

好多地方、好多人把笔读作"北"。在北大中文论坛，开封的一个网友说，开封读"北"；济南的一个网友说，济南读"北"；榆次的一个网友说，榆次读

"北"。如今国人走南闯北的多了，一个小城里的人就能来自四面八方，笔者坐地问卷，东西南北中，人们对笔，几乎无不读"北"。

在普通话已经普及的今天，人们固执地把笔读作"北"，这与笔的普通话读音不雅、让人读之拗口难以启齿不无关系。笔，不同于其他读音为"bi"的字。不少语境中，笔的读音是需要人们特别注意的，不然就会弄出尴尬，弄出不悦，甚至惹出麻烦。

荨（qián）麻疹已经改成荨（xún）麻疹；叶（shè）公好龙已经改成叶（yè）公好龙；如此去想，笔的普通话读音是不是也可以改一改？

笔，还是读"北"好。

2012 年 7 月 9 日

立秋挂锄头

一楼小院中的核桃树已经长到三楼高，一根根枝条俏皮地探到我的窗前。每天早晨拉开窗帘，它们向我送上一张张笑脸；从春到夏，我看着它们一天天长大。这天拉开窗帘，一张张笑脸上少了些稚嫩、多了些老成，仔细一看，它们的梢头都已封顶，停下了生长，开始了一年的总结。虽说还是炎夏，却已经有了秋的信息。"秋不秋，六月二十头。"我拿过日历查看，今年"立秋"不前也不后，就在农历的六月二十。放下日历，想起家乡的一句农谚："立秋挂锄头。"

锄地是农民必做的功课。在我的家乡，锄地叫耪地。农家孩子从不大就开始学耪地，小胳膊揽不过两

《立秋挂锄头》发表在 2012 年 8 月 16 日《齐鲁晚报·青未了·人文齐鲁》。第三自然段是收入本书时新增加的内容。

个垄眼就耪一个垄眼，不会"倒锄"，就耪一步扛起锄头走一步，或是玩"倒拉钩"。几个人在一块闲聊，彼此之间问到职业："干啥的？"被问者若是农民，会答："耪大地的。"

耪地，两腿叉开，左腿在后，右腿在前；手握锄杠，左手在后（握着锄杠头），右手在前；弯腰向前伸锄，锄头入土。伸锄时，左手握紧锄杠不动，右手或脱离锄杠，或顺着锄杠向后迅速滑动。接下来是左手向后用力拉锄，将锄拉至右脚前。拉锄时，右手掌管锄头运作的同时，沿着锄杠慢慢向前移动。耪完一段（约1.6米，相当于锄杠1米与锄钩0.6米的长度。俗称"一武子"地）往前挪动叫"倒锄"。直起腰，将锄往前一点，让锄头的一个后角尖插在刚耪的一段地的中间。右手离开锄杠，左手撑锄，迈左腿，让左脚落在锄头的后面，接着迈右腿，右脚落在刚耪的一段地的前沿，回到"两腿叉开，左腿在后，右腿在前"的姿势。右脚落地的同时，右手配合左手起锄，弯腰向前伸去。

别小瞧了锄地，锄地是项技术活。庄稼人爱苗如子，草苗混生，锄草留苗，都是很讲究的，没有过硬的技术，不是锄不净草，就是锄草也锄了苗，甚至锄了苗留着草。我的父亲在世时锄一手好地，旋锄过空（锄垄眼里禾苗与禾苗之间的空）、锄尖剔草（剔去与禾苗紧挨着的草），就像理发师拿着剃刀给顾客修眉挖耳，做得恰到好处。银锄过后，草蔫伏地，闪出两垄青苗。

俗话说，紧性的庄稼，磨性的买卖。锄地是紧中之紧。花生要"紧三遍"：出土全苗后锄第一遍，麦收前后锄第二遍，入伏之前锄第三遍。不紧不行，待到花生的果针下扎入土后就不能锄了。夏豆子、夏玉米、夏地瓜什么的更是要紧忙地锄，不然，伏雨一来，疯长的野草三五天就能把小苗子给吃了。锄地灭荒保收增产，锄地松土也能提高粮食品质，"高粱扛了枪，一锄一成粮"。

锄地是又苦又累的活。"锄禾日当午，汗滴禾下土。谁知盘中餐，粒粒皆辛苦！"农民锄地，从春到秋。"立了秋的草，棒打就倒"，立了秋，草于庄稼已无大碍。

酷热难当中，人们对"立秋"有些盼望，盼望立秋后的一丝清凉。面朝黄土背朝天的农民，对"立秋"的盼望自是多了一层——"立秋挂锄头"，可以歇歇了。

字斟句酌，正修改着稿子，老伴凑了过来，问：
"又捣鼓了一篇啥？"我指了指显示屏："《立秋挂锄
头》。"她看也没看一眼，只听题目就扭头甩下一句：
"现在谁还耪地？都打除草剂了，打上除草剂，真像早
先神话里说的那样，'草死苗活地发暄'。"

　　是吗？

2012 年 8 月 2 日

父亲买了一把暖壶

吃过晚饭，母亲早早地就打发我们睡了觉。被子冰凉冰凉的，被窝里，我猫一样蜷曲着，老睡不着。

吱呀一声，门开了。母亲伸手摸起火柴，点上油灯，豆大的灯火随风晃动。我从被窝里往外看。父亲慢慢地解开补丁摞补丁的大袄，小心翼翼地从怀中取出一件东西，轻轻地放在了桌子上。

"买了一把暖壶。"父亲小声地说。

暖壶？我好奇地望着那暖壶。高高的，圆圆的，上面还有一个把手。微弱的灯光里，暖壶散着金黄色的亮。

母亲瞅着那暖壶发呆。"这钱……花得有点过。咱这日子买暖壶，怕是让人家笑话。"母亲说。

母亲的话不无道理。父亲做事向来容不得母亲说半个"不"字，这次却一反常态。父亲站在那儿，耐

嘎嗒辣椒

心地给母亲做着解释：买暖壶没人知道，买暖壶时，在供销社里玩的人都已经走了，刮风下雪，道上也没碰见人。再说，穷富也不在一把暖壶钱。

吃过早饭，父亲拿过暖壶，向我介绍暖壶上各个部位的名称——暖壶胆，暖壶塞，暖壶皮。并说，暖壶胆是玻璃的，暖壶塞是软木的，暖壶皮是竹子的，上面刷了一层桐油。父亲取下暖壶塞，让暖壶嘴对着我的耳朵，笑眯眯地瞅着我。暖壶里面嗡嗡地响，我听着，歪着脖咯咯地笑，感觉挺好玩的。父亲又将暖壶嘴对着自己的耳朵听，听着听着，也孩子般地笑了起来。

母亲去烧水。水开了，父亲先是往暖壶里倒进一点，晃晃之后又倒了出来，然后再将暖壶灌满。父亲说，新暖壶，得先烫一烫，猛地灌满开水，能炸了。

头一暖壶水，谁也没敢随便喝。父亲说，得试试，试试保温不保温，要是不保温，好去供销社换。一家人就耐心地等，等过一天，又等过一宿。第二天早饭后，母亲从火屋里拿了碗，桌子上一溜放好。我们小孩子就围了上来。"都靠后一点。"父亲说。我有些"另类"，总是往前凑。父亲提起暖壶，刚取下暖壶塞，我就"冒热气"、"冒热气"地咋呼。"远一点，烫着呀!"母亲一边说一边往后拨拉我。父亲倒上半碗水,先试着喝了一口,说:"行,还挺热。"

我们都纳闷:大冷的天,过了一天,又过了一宿,里边的水不光没上冻,竟然还是热的?父亲说,暖壶胆的下面有个小尖尖头,消息儿都在那上头,要是把那小尖尖头碰坏了,暖壶就不保温了。供销社的人就是这样说给父亲的。父亲捧着暖壶高举,让我们看那个小尖尖头,并嘱咐我们:拿暖壶时一定要小心,千万别碰着它。

那时物质匮乏,吃的金贵,烧柴也缺,家里除非来了亲戚客人,很少去烧水,即使有个感冒发烧的,不是在饭时,找点热水都困难。自打有了暖壶,母亲做饭,或是在箅子上馏上一盆水,或是从开锅里舀水,总是把暖壶灌得满满的。或一早,或一晚,或半晌,哪个渴了,拿过暖壶倒上一碗。

有把暖壶是好。

1959 年春天,有一天父亲母亲都不在家,才 3 岁的小妹妹饿得直哭,我就是拿过暖壶,倒了半碗热水把她"喂饱"的。

邻居家的孩子感冒发烧,要冲药,会想到我家有暖壶,有的还不好意思。穷日子,难得能帮人家一点忙，母亲总是在"少着……少着……"的客气声中，把碗倒得满满的。来人一脸感激，端着水，轻脚慢走。"用着，尽管来倒就行。"母亲说。

日子依旧是穷，差的并非是把暖壶钱。日子穷，不再是"一穷二白"，有了一把暖壶，一把"大明湖"牌暖壶。一把暖壶，饱经风霜，伴着一家人度过了1958年，度过了1959年，度过了1960年……度过了一个又一个难忘的春秋。

2012年12月15日

捏七叉八钩子九

数字手语，易学，一看就懂、一说就会；好用，无须笔墨、无须纸张、不动口、不动声，出手即成。日常生活或工作中，相互之间说些简单的数目，往往用数字手语。商场或集市交易中，也常用数字手语报价还价。数字手语便于保密，也容易暗箱操作。早先的集市交易中，经纪就是用数字手语一边和买方攥手要价，一边和卖方攥手砍价，两个价码自是不一样，要价高，砍价低，如果买方和卖方都同意成交，差价款就进了经纪的腰包。

因地域的不同，数字手语或多或少会有所不同，本文说的是笔者家乡的数字手语，用一个顺口溜来概括就是：一是一，二是二，三是三，四是四，五是五，握手六，捏七，叉八，钩子九，十是"一"又回头，一大一小翻翻手。

具体说来就是：攥起小拇指无名指中指和大拇指，向上伸食指表示一。弯下小拇指无名指和大拇指，伸食指和中指表示二。食指向大拇指里侧一弯，伸中指无名指和小拇指表示三。大拇指向着手心倒下，伸其余四指表示四。伸五指（展巴掌）表示五。握起食指中指和无名指，让大拇指和小拇指自然张开表示六。大拇指食指中指并拢一捏（这时无名指和小拇指自然倒向手心）表示七。握起中指无名指和小拇指，让大拇指和食指在手掌所在的平面叉开表示八。攥起小拇指无名指中指和大拇指，食指一弯表示九。"十是'一'又回头"，意思是十的表示与一的相同。同样，一百、一千、一万……也与一的表示相同，二十、二百……三十、三百……的表示分别与二、三……的相同。到底表示的是个，是十，是百，还是千……要具体情况具体分析，这就是人们常说的"语意离不开语境"，比如当下集市上问牛肉一斤多少钱？卖方伸了四个手指头，那就是40元，不会是400元，也不会是4元。"一大一小翻翻手"，就说表示"五十五"吧，一展是五十，手翻动一下，再展就是五。

细细品读，数字手语给人的是美的感受。手指运用之巧妙、之灵活、之合理，可说到了极致。一二三四五来得直观，而且避开了手指在习俗中的其他含义。就说表示"一"吧，用的是食指而不是其他四指，试想，若用大拇指，往上一翘，让人首先想到的恐怕不是"一"，而是颂扬与赞许；若用无名指，单说伸手指头那个别扭，就难以让人接受。"六"、"八"、"九"的手语形象逼真，让人一看就懂；六的字谜"一点一横，两眼一瞪"，和"八字——两撇"都是妇孺皆知的事，九中的"乛"像极了扁担钩，"扁担钩子九"就是一句口头禅。一个巴掌上就五个手指头，用扳倒指头直接数的办法，只能表示一到五五个数，六、八、九用的是"形象"表示，这样还落下七——大拇指食指中指并拢一捏，这办法来得既简单又自然，个中深含"无名就是名，无状就是状"的哲理，让人拍案叫绝！

2013 年 8 月 3 日

仁风的三半截酒席

　　以济阳县的仁风为中心，南至黄河，北至徒骇河，西到曲堤，东到惠民县的大年陈，在这块土地上，儿娶媳妇女出嫁、祝寿、延师、会友等，设宴摆席很有讲究，讲究"席必名"。也就是说，设宴摆席，摆席都要有个名。酒席的名称不同，其档次与规格也不同，一说酒席的名称，就知道酒席的档次与规格。由高到低，有"三半截"、"二半截"、"四顶六"和"四盘八碗"。三半截酒席曾极负盛名，其中有一道菜是"大葱蘸酱"，"大葱蘸酱"从一个侧面显示着酒席的高档。

　　"三半截"，顾名思义，酒席分一、二、三，共三截（两截中间客人离席小憩）。

　　《仁风的三半截酒席》最初发表在 2010 年 7 月 13 日《济南日报·新济阳·人文济阳》。做了一点修改后又发表在 2013 年 12 月 10 日《齐鲁晚报·华不注》。

第一截：水果盘8个，4干4鲜。喝酒的菜，先是炸、炒、凉拌，各式各样8个菜盘，随后是4个"大件"（大海碗），头鸡，二鱼，三肉肘，四丸子。每个大件后面跟随2个"小件"（也叫"缀碗"），或汤或菜，或汤中有菜。大件与大件之间相隔约半个小时，上了鱼，主人敬酒。最后是盘烧卖。

第二截：客人入席，喝着茶嗑着瓜子，闲聊着菜就上来了，划拳行令重开宴。先是各式各样6个菜盘，另加一道菜是"大葱蘸酱"，让客人清口开胃。随后是4个大件，依次还是鸡、鱼、肉肘、丸子（在烹饪上有别于第一截，如鱼若前面是红烧，这次变清蒸或糖醋）。大件后面还是跟随小件，2个或都减为1个。最后是盘点心。

第三截：4个菜盘喝酒，然后吃饭，主食馒头，鸡、鱼、肉、丸子必有。

从三半截中拿掉第一截，就是二半截。从二半截的第一截中拿掉2个菜盘，去掉大件后边跟随的小件及最后那盘点心，两截并作一起，就是"四顶六"，即4个菜盘、4个大件喝酒，6个碗吃饭。从四顶六中去掉四个大件，多上两个碗，就是"四盘八碗"，即4个盘子喝酒，8个碗吃饭。比"四盘八碗"再孬的，就不叫席了。

三半截酒席牛。一是量上牛，前后三截，大大小小，林林总总，要50来个菜。二是质上牛，鸡、鱼、肉、丸子三截皆有，三半截酒席不能没有山珍海味，有的"海参打头"——在"鸡"的周围摆一圈儿海参，那席，名贵得让人咋舌。三是时间上牛，若白天摆席，上午10点开席，日头短的时候，得到晚上点起蜡烛；若晚上摆席，下午5点开席，得到深更半夜。

过去，摆"三半截"的只能是财主家，农家小户摆不起。改革开放后，人们都富裕了，可也没人再摆"三半截"了。因为鸡、鱼、肉已不是那么稀罕，吃不了，浪费。再是时间耗不起，现在，时间就是金钱，谁还能坐下来沉住气地吃喝一天？"三半截"没了，"四盘八碗"也没了。

仁风的三半截酒席始于何时，笔者没做考证。三半截酒席没了，但"三半截酒席"还挂在人们的嘴边。日常交往中，有事求人，请人喝酒，被请的人若对请他的人不屑一顾，背地里会哼的一声说："你就是摆三半截酒席，我也不去！"被请的人若不忍心让请他的人破费，会当面对请他的人说："谁和谁呀，你就是摆三半截酒席，我也不去。"意在决绝地谢绝对方。

一个地方的习俗，是一个地方的标志，就像人身上的胎记，难以褪去。

　　　　　　　　　　　　2013 年 11 月 13 日

嘎嗒辣椒

"嘎嗒辣椒"由辣椒、大葱、食盐和水做成。曾是家乡人饭桌上的一道菜，一道不可或缺的菜。

过去，农家人做饭用的是土灶铁锅，拉风箱烧柴火，做熟了饭，停了风箱，捽几个干辣椒放进灶膛内，借着余火余热，烤。烤得辣椒微微发黄、散出呛鼻的香辣味儿就立马打住。——辣椒不禁烤，要勤翻动细观察，稍不注意就能烤过了火，黑了，煳了，甚至烤着了。

吹去辣椒上的草灰浮尘，将辣椒放于菜板上，轻轻下刀（烤过的辣椒脆，切时会往四下里迸），先将辣椒切成顶针儿似的小段，接下来，一手轻轻按住刀背，一手握着刀把提起按下，按下提起。刀起刀落，动如"铡"，发出嘎嗒嘎嗒的声响。在我的家乡，人们把这样的"切"叫"嘎嗒"。我想，这也许就是"嘎嗒辣椒"的由来。

将辣椒嘎嗒成碎末，再扒两棵鸡腿葱，也嘎嗒成碎末。辣椒末、葱末一并放进碗里，加水少许，加盐适量，拿筷子搅和搅和，一份"嘎嗒辣椒"就做成了。在早有个说法：咸菜、辣椒、酱，庄稼人的当家菜。这里的"辣椒"指的就是"嘎嗒辣椒"。

嘎嗒辣椒香，辣椒香伴着葱香，香中有香。嘎嗒辣椒辣，辣椒辣携着葱辣，辣上加辣。也香也辣的嘎嗒辣椒，堪称一样美味，美就美在"烤辣椒"加"大葱"，现吃现做。如今市场上"辣椒酱"之类的，难以与之媲美。

饭菜的搭配也是有讲究的。煎饼卷大葱，米饭把子肉，小米豆子面窝窝头就嘎嗒辣椒。金黄色的小米豆子面窝窝头，咬一小口，嚼一大口，酥松，越嚼越香，就着嘎嗒辣椒，不油不腻，越吃越爱吃。

如今，住在楼上，做饭不是用电就是用气，想吃嘎嗒辣椒，事儿不大，还真有点儿不大好办，难就难在烤辣椒上。饭桌上顿顿有嘎嗒辣椒时，又很难吃到小米豆子面窝窝头，那时吃的多是红高粱窝窝头、地瓜面窝窝头、糠窝窝头、菜窝窝头。

不忘五十多年前在庄里念小学时，下午放了学去坡里拾柴火剜菜，挎起篮子，拿个窝窝头，让尖朝下，窝里挖上嘎嗒辣椒，边走边吃，转着圈儿吃，就像现在的小学生在放学回家的路上，边走边吃蛋卷冰激凌。

不忘年轻时，袒胸露背推车挑担时，饿了就吃窝窝头就嘎嗒辣椒，吃得额头涔涔冒汗，嘴里呼呼生风。

辣椒开口健胃，增进食欲。嘎嗒辣椒有辣椒的红、葱白的白、葱叶的黄绿，红白黄绿，色艳如玛瑙翡翠，更是让人食欲大振。饭好吃歹吃都在味蕾上，挑剔的是舌尖，包容的是胃。只要有嘎嗒辣椒，什么红窝窝头、黑窝窝头、糠窝窝头、菜窝窝头，啥窝窝头也能让它到肚里去。

过去一到秋后，家家户户的院子里都挂着新辣椒。或是在火屋门框上，或是在北屋墙上，或是在院中的石榴树上，用针线穿着把儿的辣椒，一串串，红彤彤，堪称农家一景。家有粮，心不慌；家有辣椒，做饭的心里有着。一串串红彤彤的辣椒，就是一冬一春的就菜。

还是那个地方、那方水土、那方人，现在人们吃辣椒少了，家家都吃白面馒头了，白面馒头好吃，容易往肚里咽，用不着辣椒往下生拉硬拽，别说和白面馒头相伴而下的还有香喷喷的炒菜。

不过，小米豆子面窝窝头就嘎嗒辣椒，那一口，还真的不错。

2014 年 1 月 12 日

正月十六煮"蝼蛄"

种过地或是生在农村长在农村的，都知道蝼蛄，专吃农作物嫩茎，是农作物一害！蝼蛄用锹铲一样的前足，在农作物幼苗的根部掘土打洞，即便没被它噬食的幼苗，也因根部洞空吸不到水分而枯死。有农谚曰："麦子不怕草，就怕蝼蛄跑。"

在笔者的家乡济阳，有个习俗是，正月十六这天的早饭要吃水饺。不过，这天的水饺家乡人不是习惯地叫小包子，而是叫"蝼蛄"。正月十六煮"蝼蛄"。由此可见，农民对蝼蛄之恨，已不是刀剁板子加咒骂就能解的，而是开水锅里煮！

正月十六，年过春来。这天清早，农家主妇们早

《正月十六煮"蝼蛄"》发表在2014年2月12日《齐鲁晚报·华不注》。

早起来和面、调馅，包水饺。包好水饺就点火烧锅，烟雾腾腾，沸水滚滚，好一场歼灭战！"煮'蝼蛄'了吗?""煮了。"早饭后，人们见面多是这样问，这样答。可谓同仇敌忾，众口一词，甚至没有面没有馅，吃不起水饺的，也说"煮了"。说谎，不是怕人家说穷，而是觉得煮"蝼蛄"这关乎一年收成的大事，不参与，有些说不过去。

"正月十六煮'蝼蛄'。"我第一次是听母亲这样说。这话有六十多年了，那时我还小，五六岁吧。母亲早早地就起来了，和面、调馅，包水饺。我早晨醒来，在被窝里看见桌上包好的水饺，恣得"包子"、"包子"地咋呼。母亲立刻纠正，让我说"蝼蛄"。"正月十六煮'蝼蛄'。"母亲说。蝼蛄? 包子咋能是蝼蛄呢? 我小小年纪不清楚为什么，也不敢多问。

年年煮"蝼蛄"，蝼蛄年年叫。蝼蛄不大，潜于地下，昼伏夜出，很难对付! 直到有了农药，用农药拌种，这才治了蝼蛄。记忆中，用农药拌种始于20世纪60年代中期，那时用的是剧毒农药"1605"、"1059"之类。自那，蝼蛄少了，一年比一年少。

蝼蛄之害不再成灾，但在笔者的家乡，正月十六煮"蝼蛄"这个习俗还有。习而不俗，细想这与另一种习俗有关。过了正月十五，年就过完了，出门的、打工的、混事的就开始动身启程，"在要走三六九"，"起脚包子落脚面"，这些讲究让"正月十六煮'蝼蛄'"一直延续着。和以往不同的是，家家户户煮"蝼蛄"煮得欢快了，吃"蝼蛄"吃得轻松了，不再和早先人们那样煞有介事，"蝼蛄"已仅仅是水饺的代名词了。

2014 年 1 月 14 日

千家万户太平车

在早，农民生产和生活中的"运"，运土、运粪、运庄稼什么的，要么是人力，背、挑、扛、抬、推，要么是"老牛拉大车"。1958 年"大跃进"，旧式大车拆了，卸了，钉、铜、车瓦成了废铁，进了"小高炉"；车架杆，做了房上的檩条；车辐，做了马扎子。少数几辆成色好的大车，经过改装，木轮换成胶轮，成了当时农村先进的运输工具——胶轮大车。"大跃进"过后，是三年经济困难时期，没有大车，即使有大车，也没有牲口拉它。

随着经济的慢慢好转，有了太平车子。太平车子是由一种老式木轮推车改进而来，最大的改进是将木匠做的木轱辘（俗称车脚子）换成了"工厂货"。工厂生产的车脚子有轴承和能充气的橡胶轮胎，比木轱辘强多了。年轻力壮的，用太平车子一次能推五六百斤。由老式木轮推车发展到太平车子堪称"鸟枪换炮"。随着生产和生活的需要，太平车子很快就进入了农村的千家万户。

生产队时，家家户户都养猪，养猪的第一目的不是吃肉，也不是卖钱，而是积肥。将杂土一点一点地撒到圈里，挑上水，猪踩水沤，日多变黑成肥。一年积两三圈，一圈五六方，多的八九方，甚至十多方。平日里推土积肥，秋种、春种或夏种时，把肥挖出来给生产队，生产队给记工分。往少处说，一户一年也要积两圈肥，一圈按 5 方算，两圈 10 方。一进一出，20 方！都是用太平车子推。

生产队分东西，多是在田间地头。收了就分。就说地瓜吧，收获时，有割蔓的，有刨的，有摘的，有过秤分的。天快黑时，队长一声"收工"，社员就各自认领属于自家的那一堆。大人孩子齐下手，都忙活。装筐、装麻袋、装口袋、摽车子。摽好了车子，男人将襻往肩上一搭，弯腰，挂襻，两手紧握车把，屏气、挺身、起车，撅起屁股推，娘儿们孩子前边拉。暄地里留下一道深深的车辙。

那时，太平车子可说无所不运，无处不用。运砖，运瓦，运木头，运石头；车子上放上两个牛槽似的大筐，运土、运肥、运煤、运沙子、运石灰；车子上放上麻包口袋，运粮食、运面粉、运棉花。种地用它；开山用它；赶集用它；修房子盖屋用它；挖沟、挖河、兴修水利用它；家里有个感冒发烧生病的，推起太平车子去医院，一边是病人（躺着或坐着），一边是大坯块（压偏沉）；小媳妇走娘家也推着太平车子，一边的筐里是小娃娃，一边的筐里是大南瓜。

太平车子，柏油马路行得，阡陌小径走得，"船小好调头"，节能又环保。但太平车子依旧是手推车，靠的还是人力，人推一步，它走一步，人不推，它不走，不推不走不转悠。

生产队时，太平车子是农村户家数得着的家当。一个车脚子要 30 多块钱，一个车盘子也得 30 块钱，购置一辆太平车子要 60 块钱。

改革开放后，太平车子渐渐地被畜力小拉车所取代。但小拉车远没有太平车子长寿，很快就被拖拉机、农用三轮所取代。

太平车子，上个世纪 60 年代中期开始进入农村户家，70 年代盛行，80 年代淘汰，前前后后 20 多年。太平车子，功不可没。

2014 年 2 月 27 日

记忆深处的豆浆

一天下午，我像只小馋猫似的连蹦带跳地去了村子中间一个叫"杨家园子"的地方。那里，父亲和傅伯干着在当时可说是最好的活儿——做豆浆。给村里的重病号做豆浆。

父亲和傅伯正推着水磨，一人抱着一根磨把棍，一步一步，蜗牛一般挪动。父亲的上衣敞开着，肋骨根根分明，瘦骨嶙峋的近乎干瘪。我跑过去接替父亲，父亲不让。我紧靠着父亲，两只小手抓着磨把棍，小胳膊一撑，撅起小屁股就推，水磨立马像唱片一样，欢快地转了起来。傅伯一个劲地夸我"勤快"。

磨完豆糊，我便溜进屋里，蹲在一旁静静地等着。傅伯把豆糊舀进锅里（连豆渣一起煮），又一瓢一瓢，仔细地往锅里添水。父亲坐在灶前的木墩上，"1，2，3……"默默地数着。"好了。"父亲说。傅伯说："多添点吧，搭着小家伙的数。"我两眼不停地眨巴，口水不住地往肚子里咽，心里那个高兴就甭提了。父亲缓缓地摇了摇头，说："别……别让人家戳脊梁骨。"我小小年纪不知道"戳脊梁骨"是啥意思，一个"别"字，知道豆浆是喝不成了。我恼了，恼得撇嘴要哭。父亲点火烧锅。傅伯牵着我的手去了院子里，来到枣树底下，跐着脚举手给我折了一枝枣花。

不多时父亲来到我跟前，蹲下身，两手捧着我的脸，想说什么，却是没说什么。我噘着嘴没理他。

父亲木然地望着我……

父亲慢慢地起来了，轻轻地推我的脊背，让我回家。我拿着枣枝子，吃着叶柄上米粒大小的花蕾，很不情愿地走了。走到园子门口，回头看，父亲仍站在那儿，雕塑那般，一动不动。

我像只大肚子螳螂，两条干瘦的小腿拖着沉重的身子，一步一步地往家挪动，路边拾起一块小砖头，在沿街的土墙上划着弯弯曲曲的线。犁铧（枣树上挂着一个破旧犁铧，当钟敲）响了，豆浆熟了，豆浆的芳香伴着当当的钝响迅即溢满萧索的村庄。进家我哭了，号啕大哭。

晚饭是野菜粥。我头也不抬，赌着气地喝，还故意弄得哧溜哧溜地响。母亲嗔怪父亲："孩子去了，咋就不能匀出一碗?"

父亲说:"别说一碗,两碗也能匀出来……我要是能那么办,人家也就不会让我干这个活……谁啥脾气,村里人都知道。"父亲说着说着,语气就重了起来。我抬头看父亲,父亲神态凝重。

母亲不再说啥。父亲把碗放在灶台上,也沉默不语。我低下头,支着耳朵,一声不吭地喝野菜粥,只是喝得慢了,再不敢弄得哧溜哧溜地响。

晚饭后父亲又跟我说了好多好多话,我先是牛头木耳听不进,后是默不作声听得入神。"这人,说话行事,得让人信得住。"父亲语重心长地对我说。父亲把让他给病号做豆浆的这份信任,看得比生命还重。父亲还给我讲了一个故事,说,从人家的瓜地边走,不要提鞋,弯腰提鞋会让人家寻思摘瓜;从人家的果树行子边走,不要正帽子,抬手正帽子会让人家寻思摘果子(后来知道,父亲讲的就是成语"瓜田李下"的故事)。父亲再三叮嘱我,不要去杨家园子。

这是 1960 年的事。那个荒年早已成过去。父亲仙逝也已二十多年。我却常常想起,想起那个荒年,想起我的父亲,想起父亲的教诲:"这人,说话行事,得让人信得住。"

2014 年 3 月 13 日

苣苣菜

野菜中，我最早认识的是苣苣菜，感情最深的也是苣苣菜。

儿时跟着大人下地，在大人的指点下辨认苣苣菜。在众多的野菜中能准确无误地辨认苣苣菜时，竟高兴得也蹦也跳。苣苣菜有红苗青苗两种，红苗的叶子绿色中泛着淡淡的红润。青苗红苗，只是叶子颜色略有不同，吃起来是一个样。一种叫"苣苣菜娘子"的，像极了苣苣菜，叶子比苣苣菜的叶子窄、长，边缘的锯齿也大，叶色有些苍白，看上去不大那么嫩绿。都说苣苣菜娘子不能吃，我也从未吃过。

上小学、念初中时，放了学拾柴火、拔草、撸榆叶、剜菜是我的主活儿。冬天只拾柴火，秋天拾柴火也拾庄稼，拾庄稼不是随便拾的，好多地块收割后生产队还派人看管，不让拾。夏天拔草，拔草交给生产队换工分。春天撸榆叶剜菜，撸得榆叶剜来菜，人吃也喂猪。一次上树撸榆叶，从树上掉下来，差点摔死，地上打了好几个滚。从那就小心了，就不敢上树撸榆叶了，就去坡里剜菜，剜菜剜得最多的就是苣苣菜。

在早，农民种地一般是春天种秋天收，不施化肥，不打农药，不浇不灌，靠天吃饭。这种粗放的耕作方式，很是适宜杂草野菜的生长，一到春天，地里就长出好多苣苣菜，一片一片。苣苣菜根生，剜过之后，待上一段日子还会长出来。将苣苣菜剜到家，给猪吃的，抖抖夹在菜里的土，就放进猪食槽里。人吃的，要挑好洗净，清水里泡一泡，等不及时也可不泡，挑好洗净即食。

吃苣苣菜，通常就是两种吃法。一是熬粥，一是蘸酱。熬粥一般是在晚饭。整棵的苣苣菜，不切也不剁，洗净后稍微揉一揉，倒进锅里，放上一点盐，烧上两个开，搅和上面子，煮熟就喝。春天的傍晚，微风轻拂，天井里，围着小饭桌，听着虫叫蛙鸣喝苣苣菜黏粥，也算得上是一种享受。苣苣菜蘸酱，可说是天天，顿顿。饭桌上，半碗酱，一盆苣苣菜，咬一口窝窝头，抓起苣苣菜，酱碗里一蘸，拢进嘴里，大口地嚼，越嚼越香。有苣苣菜拽着，能多吃个窝窝头，干起活来力气就大。

没有塑料大棚时，蔬菜都是季节性的，春天的蔬菜，除了一点菠菜和几棵小葱子，几乎不再有什么，即使这点蔬菜也很少有钱去买，一个春天就是干巴巴的咸菜、辣椒、酱。多亏了这野生的苣苣菜，给农家人春天的饭桌添了一道浓浓的绿色。从清明寒食苣苣菜才两个嫩叶时就开始剜着吃，一直吃到过麦。过了麦，苣苣菜就老了，黄瓜、西葫芦、南瓜、豆角什么的也就陆续下来了。

忘不了三年生活困难时，拿苣苣菜当饭吃。剜来苣苣菜，洗净，放进锅里煮，煮熟后，若有面子，棒子面子或地瓜面子，就搅和上一点，但常常是啥面子也没有，就清水煮菜。稠稠的苣苣菜，犹如一锅绿面条，吃了一碗又一碗，吃了一顿又一顿。毫不夸张地说，那时的苣苣菜就是救命的菜。

现在，一年四季各式各样的蔬菜都不缺，可每到春天，我还是会想起苣苣菜……据说，现如今"苣苣菜蘸酱"已经登上了城市有些星级酒店的大雅之堂。

2014 年 3 月 23 日

仁风富硒西瓜

皮纹花柳绿，

瓤通色鹅黄。

滚圆二三斤，

溜薄一二两。

纵切上弦月，

横刀俩球缺①。

食月琼浆滴，

挖缺②玉液漾。

2014 年 4 月 13 日

嘎嗒辣椒

---

① 球缺，用一个平面截球，所得部分叫球缺。

② 挖缺，拿着半个西瓜用汤匙一勺一勺地吃。

第
三
卷

小
说

债

有些事，好；若是当初没有，或许会更好。

——题记

1

　　1987 年教师节。这天，天气晴好，康宁和我商量，一块儿去瞧瞧赵老师，我欣然同意。

　　赵老师，大名赵悦良，小学教师，大队办"联中"

　　《债》曾参加中国首届网络文学大赛。大赛中，有 500 件参赛作品得到了评委点评，点评作品仅占全部参赛作品的百分之一，《债》是 500 件点评作品之一，给分 87 分。大赛评委，山东师范大学文学院教授孙书文的点评是："'有些事，好；若是当初没有，或许会更好。'作者把他的人生感悟化到文字之中。这背后隐藏着生存竞争，也暗示了生存智慧，还能看出我们民族精神中所提倡的福祸之辩证法。"《债》收入本书时做了一些修改，内容较前更加充实，情节更加生动。

时，由小学调到联中，教初中语文。现退休在家。

其实，我不是赵老师的学生，康宁也不是。不是亲传弟子，也不是叔伯门生，只是在一块教过书，共过事，是同事。说岁数，他比我们大，大十七八岁吧，够得上是长辈。

车子在公路上徐徐行驶，半个小时来到一个下道口，司机向右轻打方向盘，车子上了土路，接着就是忽高忽低，左摆右晃地颠簸。还好，土路不长，也就三五里，一会儿就到了柳店镇赵家楼。

上次来这儿，是我和康宁考上大学，赵老师为我们饯行。10年了，10年了！两个人不胜感慨，凭着模糊的记忆，走进一户农家小院。

院子里，一个女人正拾掇着什么。女人腰里扎一条黑色的围裙，头发花白，高些的个头，见有客人来，先是片刻的愣怔，愣怔过后便是恍然大悟地"咳、咳、咳……"那样子，是谁都曾经有过的：来人面熟，说不清啥时候在哪里见过，就是叫不上名字来。

女人放下活儿，在围裙上蹭了蹭手，接过我手中的兜，把我们让进屋。进屋，拿起抹布，擦椅子，擦桌子，擦擦这里，擦擦那里。一边擦着家什，一边让座。放下抹布，又看看这里，瞧瞧那里，自言自语地说："那烟呢，那烟呢?"康宁说"不抽烟"，我也说"不抽烟"。她还是找，又翻看窗台上一些零乱的东西，还是没寻着烟，也就罢了。她要烧水，我们不让，说，坐不住，一会儿就走。

她执意要烧。"也该烧水了。他下地干活快要来了。"说着，从门后的小桌上提起水壶去了火屋。

一股浓浓的黑烟，翻着跟斗，打着滚儿，从火屋里涌了出来，接着是嗵的一声爆响，烟雾由黑变白。经验告诉我，火着旺了。她逃也似的出了火屋，天井里立着，撩起围裙擦拭双眼。擦了几下，拿了干柴，又去了火屋。

"他下地干活快要来了。"北屋里，康宁看我，我看康宁，两个人琢磨着女主人的这句话，都纳闷疑惑："他"是谁? 赵老师下地干活，这事能吗?

生产队时，社员有自留地，老婆孩子是农村户口的公办教师，有的星期天就去娘儿们孩子的自留地里干活，可赵老师不，从来不，他很注意影响，很注重自己的形象，除上头安排支农外，农活，他是不干的。

是听错了，还是走错了门? 要是走错了门……那可就热闹了，我看着给赵老师带的礼物，竟忍不住地笑，差点笑出声来。

屋里，两个人坐也不是，站也不是，就像坐在不允许随便进出的会场里，偏偏又憋了一泡尿。康宁往外一指，意思去院子里瞧瞧。上次喝酒时，赵老师曾领着我们在院子里转了一圈，大体印象还有点。

院子里，两个人看似轻松无事地站着，却是在认真看，努力地想。左看了右看，前看了后看，仔细地端详院落，努力地回忆大婶的模样。康宁指了指枣树，对，记忆中院子里是有棵枣树。枣树长粗了，枣树长高了，高高的枝条上还挂着几颗红红的枣子。五间正房，对，五间正房，红的砖，红的瓦，只是房子显得有些破旧，没有记忆中的好。大婶的模样已是无从去记，凭着高挑的个子，我们断定女主人就是大婶。两个人交换了一个眼神，点了点头，都在心里说，是，是赵老师的家，没错。

司机小刘也跟了出来，在院子里，仰着脖，看天上的飞鸟和白云。

2

嗒、嗒嗒、嗒……大门外传来自行车后挡泥瓦与撑子磕碰的响声。

"啊，是你俩！"

赵老师见门口有小面包车停着，知道家里一定是来了客人。进门见人，格外亲。我接过赵老师手中的车子，康宁扶着车子后架上那包棉花。

两个人将棉花包卸下，不约而同地审视起这辆自行车。大金鹿，还是那辆加重大金鹿。这是当年赵老师托人，好不容易弄了一张车子票买的。这辆加重大金鹿我骑过，康宁也骑过。车子很敦实，辐条粗得像筷子，后座宽宽的，能载二三百斤。后轮上的刹车很厉害，往后一倒链子就停住。那时赵老师骑车很在意，骑了好几年，车子还跟新的一样，架子乌黑，瓦圈、辐条铮亮。

"破烂货了。搁年轻人，早卖废铁了。"赵老师说。是呀，岁月无情，车子老了，车子已是锈迹斑斑，骑着嘎吱嘎吱的，除了铃铛不响，满处里都响。无情的岁月中，老了的还有车子的主人。

赵老师胡须枯黄，牙齿稀稀拉拉的已经脱落不少，嘴巴干瘪没有一点油光，面目黑瘦，灰白的头发，粗糙的双手，不随时的穿着——已远不是我们记忆中的教书先生。

"康宁、齐大海——都是在齐家联中一块教书的老师。"进屋，赵老师高兴地向大婶做介绍。大婶似乎想了起来，说："记得，记得。以前不是来过吗。"大婶努嘴，赵老师一转身看到门后小桌上的礼物说："你们又花钱，别花钱。来看看，我就挺高兴。"

水开了。赵老师接过大婶手中的壶，吩咐大婶去炒菜。

"不用炒菜，坐不住。"康宁说，"今天过节，咱进城。"

"过节，今天是啥节？"赵老师有些不解地问。

"教师节。"

"听说有了教师节，还真搞不清是多咱。今天过节，你们更得住下。从城里大老远地跑了来，怎么也得吃了饭再走，别说还是教师节。"赵老师起身去了里屋，里屋传出开箱子开橱柜的响声。不一会儿赵老师从里屋里掂着一瓶酒出来了。"我还放着一瓶酒，一瓶原装二锅头。"他晃动着酒瓶让我们看，酒瓶里的酒花，久久不消。"今天咱就喝了它。"赵老师说。

那瓶酒，没有外包装盒子，裸酒瓶子上贴个商标，一个小小的铁盖紧紧箍在瓶嘴上，给人一种实实在在的感觉。

康宁接过酒，桌子上轻轻一墩，实实在在地说：

"下次，下次来喝你的二锅头。今天咱进城，饭店、房间都已经订好了。"赵老师不便再推辞，说："要进城也不晚，坐一会儿，喝碗水再走。"

赵老师泡上茶，问我们抽烟不？我们轻轻地摆了一下手，都说"不抽"。

"还是不吸烟?"

我点头。康宁也点头。

"不吸烟好，不吸烟好。"

喝着茶，赵老师问康宁："干啥了?"康宁抿嘴，笑而不答。我说："康宁现在是局长了，水利局局长。水利局一把手。年后县里科局班子调整时公布的。"

"早就听说改行了，从政了，具体干啥不清楚。当上局长了!"赵老师面对着康宁，一脸的赞赏，"有本事的自是有本事，早晚要显露出来。"

"你……"赵老师视线一转又问我。接着就自问自答地说："老本行，这个我知道。"话一出口，似乎又觉不妥，遂补充："教师和教师不一样，一中是咱县的高等学府。能在一中教书的，都是些高手。庄里在一中念书的学生回家常说起你，都赞不绝口，数学课讲得很好。"

我说："凑付着，混碗饭吃吧。"

3

大婶想进城，又有些不好意思。赵老师说，他们叫你去，你就去吧，又不是外人。你不是老想去城里看看吗？

赵老师这么一说，大婶背起棉花包就出去了。她去了大儿的家。不远，前面就是。她有儿子家的钥匙。棉花是儿子的，天好，她要把棉花晒在儿子院中的箔上。大婶将棉花摊晒好，回来又提一壶开水去了。一切料理停当后，她梳了梳头，换了一身干净的衣服，床头坐着，等着进城。

司机进了车，马达已响。

一对青年男女沿街走来，男的推着一辆崭新的自行车，女的手中拿着镰刀笑嘻嘻地后面跟着，一个十来岁的小男孩很俏皮地坐在车上。

"这是老大，赵凯。这是……"赵老师给我们做介绍。赵凯我们似曾相识。赵凯的媳妇兰花我们却是第一次见。小媳妇长得挺俊，身段、模样都行。她冲我们只含羞一笑，算是来了个自我介绍，接着旁边儿站着。

"这是……"

"我叫康宁。"

"我叫齐大海。"

是称呼"康局长""齐老师",还是直呼大名?没等赵老师考虑好,康宁和我都自报了家门。

大人说话的当儿,小家伙从车子上跳了下来,鱼儿似的往家跑,赵老师一把逮住,让他喊爷爷。"这个是你的康爷爷,这个是你的齐爷爷。"康宁和我都有些不好意思,一个摩挲着小家伙的脑袋,一个抓着小家伙的手,都说"拉他进城"。

"下午还上学。"孩子的妈妈兰花说。

"上学要紧,上学要紧。"赵老师说,"小强,好好念书,以后也和你这两个爷爷一样,凭自个的本事考大学,找工作。"

大婶向媳妇做了一番交代,又和孙子耳语了一阵子。小强眼睛一亮,开心地笑了。我猜,奶奶一定给他说了,屋里有好吃的。

要去的酒家是"好再来",在县城的一条小街上,新盖的三层小楼。我来过一次,是学生考上大学家长请客。康宁已是这里的座上客。一进大厅,老板娘起身,热情地打招呼。康宁向着吧台展巴掌,意思 5 个人。"206。"小姐报了房间。

赵老师怔了一下，大婶也怔了一下。小姐有些忍俊不禁，紧着掩嘴。我和康宁一人搀扶着一个，上楼。

进屋，落座，赵老师随即就明白了，"206"，二楼6号房间。"六六大顺。"赵老师自言自语地说。康宁打开落地扇，风就从笼子里呼呼地吹了出来。赵老师盯着落地扇看：扇头像拨浪鼓，能来回转动，扇子在笼子里转，伤不着人。"好，这电扇是好。"大婶嫌风大，有些不适应，东挪西移，跟扇头捉迷藏。我想将转速调慢一点，可不曾用过，不知道怎么摆弄。康宁起身，只听啪的一声响，电扇就慢了下来。

小姐上来泡茶写菜单。康宁让赵老师点菜，赵老师没领会啥意思。康宁从小姐手中接过菜谱，让赵老师看，说，看看啥菜可口，点几个。赵老师摆手，说，看啥看，随便上两个就行。康宁又让我点，我摇头。小姐狠狠地戳康宁的后背，让他快点。

大婶觉得有些失措，说赵老师，临来也没刮刮胡子。赵老师两手捧着脸，上下搓了一下，说，刮不刮的吧，咋打扮也就这个样了。话虽然这么说，赵老师也觉得是应该打扮打扮，毕竟是进县城，进酒店，不是在自己家里。看看酒店里穿着时髦的小姐，自己未免太邋遢了。他左看右看，想找脸盆洗一把脸。我起身，领他去了盥洗间。

4

喝着酒，也说也拉。说改革开放后的大好形势，拉土地承包，说农民富了，拉工资改革，说香港回归，也说社会治安差劲，人心不古，道德滑坡……说起民办教师的酸甜苦辣，拉起1977年的高考，我和康宁眼里都汪汪的泪。赵老师大发感慨：通过考试选拔人才，自古用人之道！

大婶不说也不拉，垂下眼帘，静静地，受罪般地坐着，心里不知在想啥。她不喝酒，白酒、啤酒都不喝，两罐饮料也只是放在那儿，夹菜都是小心翼翼的。

赵老师两个儿，无女。大儿赵凯，在家务农。小儿赵明，接班，分到光明中学。光明中学就在县城，是一处公办初中。

光明中学的时任校长姓耿，名叫耿直仁。赵老师比耿校长大七八岁，两个人曾一块在职进修过，也算同学吧。他找到耿校长，想让耿校长给赵明安排课，让赵明一边教书一边学习，教中学，学中教。耿校长很是为难地说:"老大哥,赵明若是真如政审表上填的'初中毕业',我也就安排他上课了,他实际上小学也没毕业,这个你最清楚,连小学文化也没有,咋能上课呢?不错,他是教师编制,咱不能光看编制,这不是发工资,这是上课,上不了课的就是教师编制也不行,我校长必须把好这个关,让他上课岂不是误人子弟。我在办公室里考过他,让他背小小九,他不会,让他写数学、语文、物理、化学、历史,10个字只写对了一个'文',你说这样的水平咋能担初中课呢!咱巴不得他能上课,现在学校缺的就是教师,我给上头打报告要人不是一次了,这次一下子进来12个,都是接班的,勉强能上了课的也就3个人。"

耿校长一排子话让赵老师有些不好意思。赵老师是个明白人,也是个爽快人,对耿校长说:"实在教不了书就干别的,误人子弟的事咱不干。安在教导处,当个教务员?"耿校长说不行,教务员的活他也干不了。耿校长对赵老师的要求有些不理解。赵老师说,孩子还没有对象呢,安排得好一点,好找媳妇,找的媳妇条件也好。

赵老师给儿子弄了个干部身份,教师编制,又分到县城的公办中学,这让耿校长多少有些刮目。耿校长说:"赵明来到我这里,看在这些关系上,咱尽量往好处办。让赵明干门卫怎么样?"耿校长用商量的口气说。

赵老师先是在小学教书,后来进了"联中",那些地方都没有门卫,连专职打铃的也没有。他不清楚在学校干门卫累不累,好干不好干?他知道部队和边防线上那些站岗的军人可是够苦的,夏天顶着如火的烈日,冬天迎着似刀的北风,不管下雨还是下雪,不管黑夜还是白天,一天24小时都得坚守着岗位。

耿校长拍着赵老师的肩膀说:"老兄,门卫这活儿行啊,门卫隶属学校'后勤处保卫科',对外说起来挺体面的,说'保卫科科员'可以,说'保卫科科长'也行。门卫这活也很好干,咱这地方不是军营,不是边防,也不是银行金库,门卫没有啥重要责任,放了学,学生一走,就几排房子。"

办公室里,耿校长轻松往外一指:"看啥看?就是这么套家业,敞开大门,请小偷来人家也不来。在这里干门卫,可以说就是玩,领着工资玩,冷天守着火炉子下象棋、打扑克,热天扇着电扇吃冰糕、喝西瓜。不像工厂里三班倒的工人,这里倒班也不累。不倒班是玩,倒班也是玩,值夜班的照样睡大觉。咱这里缺的是教师，门卫不缺，校门不大，门卫八个！"

耿校长话里带着某种小情绪。说"门卫八个"时，做了个"八"字手语，竟忍不住地笑了笑。

"好，就听你安排吧。"赵老师想，门卫就门卫吧，到时候不少给工资就行，不管干啥，赵明的教师身份不会改变，不管干啥，拿的都是教师工资，有这么一个工作就不错了，听说在美国，大学毕业生也一样找不到工作，去饭店里洗碗端盘子的，有的是。

赵老师一直不了解儿子对干门卫的想法，最是怕儿子在单位这不满意，那不顺心，耍脾气，使性子，弄出个什么差错。

"马桥医院……"几杯酒下肚，赵老师就提起马桥医院的事。

"不说那事！怪瘆人的。"大婶不让说。赵老师说："好好好。不说，不说。说些别的。"席上顿时鸦雀无声，一片静寂。静得让人有些怕。

那是一桩血案。一桩震惊全县的血案。

5

说起马桥医院那桩血案，绕不开一个名叫哈楼的人。

哈楼，马桥医院外科大夫，医术精湛，医德高尚，声望很高，人缘极好。哈大夫有个儿子，小名叫狗子。孩子挺好，就是念书不大行，好歹挨到初中毕业，说啥也不念了，在家待着，等着招工，非农业户口嘛，可以参加招工。在家待了两年，狗子的妈妈，也就是哈大夫的老婆沉不住气了，说："老哈，求你的人也不少，这些人中就没个当官的，掌权的，说了话管事的吗？你也去找找人家，给孩子安排个工作，这事你不去找人家，人家就是能给你办，也不会主动来找你。让孩子家里老这么待着也不是个事，等着招工，猴年马月，啥时候招工？再说招工工种准适合他吗，他准能考上吗？"

"看病救人，是医生的天职，借着给人家看病，去找人家办事，这事我干不来。"老婆第一遍念叨，哈大夫是这样说。老婆第二遍念叨，哈大夫还是这样说。老婆第三次念叨时，哈大夫不吭声了。"孩子白叫你爹吗？"老婆这句话怎么挥也挥之不去了。

这时，恰在这时，有了"接班"一说。哈大夫想，让儿子接班是个好办法，接自己的班，不碍东家事，无关西家事。想想又犯愁了，愁在退休年龄还不够。

哈大夫把退休年龄不够、儿子接不了班的心事说给奉院长，奉院长说："小事一桩，不就是档案里改改年龄嘛，一不违法二不犯罪，大两岁小两岁的，这事好办。"奉院长满口答应，一定把事办好，让孩子接上班。奉院长，一院之长也有个考虑，于是提了一个条件，哈大夫满口答应，怕空口无凭，又黑字写在了白纸上：退休不退岗，为了病人，为了马桥医院，继续干。

奉院长配合哈大夫，齐心协力造假年龄。哈大夫顺利退休，儿子顺利接班。上班就在马桥医院。

院方看在哈大夫的面上，把狗子的工作尽量往好处安排。可麻烦来了。让他干会计，他记不了账。让他在药房里给病人拿药，他连甘草都不识。哈大夫这才知道，儿子混了一张初中毕业证。

医院里活儿倒是有，清理垃圾还从社会上雇人干呢。可清理垃圾这活儿怎么好意思安排狗子呢，真要安排，哈大夫也不会同意。儿子工作的好坏，关乎他老爸的面子。奉院长考虑再三，对哈大夫说："咱让狗子干门卫吧，门卫这活儿，坐在屋里，喝着大茶，风刮不着，雨淋不着，还行。"哈大夫觉得也行，别的干不了，门卫就门卫吧。

奉院长和哈大夫哪里想到，门卫这活儿，好是好，得看谁干。守钟点，靠时间，一个链橛把人牢牢地拴着，东挪动不得，西转悠不得。这活儿，嘴上没毛的年轻人干，不大适合。

奉院长和哈大夫真的没把形势分析好。狗子就是坐不住墩、稳不住腚，屁股上着了火那般，烧得到处乱窜。好在门卫上也算没出什么大事，看在哈大夫的面子上，院领导一直是睁一只眼闭一只眼，采取得过且过的办法。沉不住气的是哈大夫，儿子让他脸面上挂不住不说，儿子和社会上的几个小混混混在了一起，最是让他放心不下。

一天，哈大夫在家里教育儿子，情急之下，一拍桌子一瞪眼，一下子就溜到桌子底下去了，奉院长带着两个大夫急急忙忙地赶了来，进屋就呼唤"哈楼""哈楼"……哈楼不应声，几个人从桌子底下把他捞出来，一摸一看一听，听诊器脖子上一挂，都面面相觑，已是无回天之力。闻者无不叹息，一方名医哈楼，就这样"溺气"而亡。

哈大夫走了。情况变了。院领导害怕门卫上出乱子，不让狗子看大门了，让他清理垃圾。在医院里清理垃圾，活儿又脏又累。他不乐意干，发牢骚说："我接的是爸爸的班，爸爸是大夫，我就得当大夫，一时不会，也得学着来。"奉院长听着好笑，职工大会上不点名地批评说："有人大字认不了几个，辨不清哪是血管哪是筋，接了班还想当大夫，大夫是容易当的吗？手术刀不大，沉着呢！不是小看你，你拿不动。这不是阄猪骟狗，这里是医院，是给病人动手术，救死扶伤，人命关天，出了事谁负责？"

奉院长大名奉华章，说话不多，出口成章，不失风趣和幽默，开会常逗得职工们哈哈大笑，这次更是笑声哄堂。哄堂的笑声中，狗子觉得受了奇耻大辱。自那，他像变了一个人，整天歪着脖，瞪着两个眼，从院领导到医生护士，医院里没有一个人顺他的心，他最恨的当然是奉院长。

"笑啥笑？一把熊鸡巴手术刀有啥了不起！"见医生护士在一块儿说笑，他就以为是说他，是笑他，他就吓，继而破口大骂。这时，说的就不说了，笑的就不笑了，一个一个，吓得猫儿似的，大气不敢喘。最闹心的当然是奉院长，"请下神来没处安"，这滋味不是好受的。

不该发生的事发生了。这天晚上奉院长和几个医生在一块喝酒，喝得正高兴呢，早就踩好了点的狗子提着刀闯了进去，进屋就砍。众人乱作一团。有夺门而逃的，有钻桌子底下的，有提起椅子抵挡的。席上奉院长自是坐里边上首，坐里边逃生就困难了。奉院长和另外两个医生成了刀下鬼。

第二天一早，有人在医院后边的墙角处发现一具男尸，旁边有个敌敌畏瓶子。经公安局验尸确认，死者就是狗子。服毒自杀。

血腥随着风雨，很快传开去。闻者唏嘘不已。

6

"有个纺纱厂吗？"大婶很是小心地探问。

"有。"

大婶的这句问话，打破了席上的寂静。

从筹建、落成到开张、招工、安排工人进厂，康宁从头至尾拉起了纺纱厂的事。赵老师和大婶像机关工作人员听调资报告那样认真地听着。好多事挺新鲜，于我也是第一次听说。

"都说纺纱厂，兔子的尾巴长不了呢？"大婶问。

"县里刚办起来的，能让它倒闭吗？"赵老师问话中带着一种莫名的苦涩，似乎他不希望县里的纺纱厂倒闭，但又觉得纺纱厂倒闭是一种必然，只是早一天晚一天的事。此时此刻，赵老师希望的是，从康宁口中得到一个权威性的说法。

"以后的事……不好讲。"康宁想了想，很是策略地说，"有一点敢说，像纺纱厂、毛巾厂、针织厂，这厂那厂，它和党政机关，和学校不一样。"

"咋不一样?"大婶问。

"工资不是一个井里出炭。"

哪个井里"出炭"的事，大婶不明白，她也没再问。

"有亲戚在纺纱厂吗?"康宁问。

"老二家的就是纺纱厂的。也是一个接班的。"大婶说。

"结没结婚?"

"结婚了，都有孩子了。"

康宁觉得说话有失，赶紧补充："不管媳妇在哪个单位，只要是非农业户口又有工作，就是正儿八经的双职工，公安局户籍科就给单独立家庭户口，发给户口簿。不管媳妇在哪个单位，就是没有工作也不要紧，只要是非农业户口，生的孩子就和农村媳妇生的孩子不一样，孩子一生下来就是非农业户口，国家就供给商品粮。单位分房子，双职工和单职工待遇也不一样。单职工，又不是领导，不管咋说，也就一间房。像他们这个，小两口沉住气地熬，再慢慢地熬上它几年，单位怎么也得给两间房，甚至一个小独院。"

"单职工，又不是领导，不管咋说，也就一间房"，康宁话说到这里，不自觉地看了我一眼。他知道，我借着"教师节"，正找学校领导要求调房子呢。我觉得他是在劝告我：伙计，不是双职工，又不是领导，可得知趣着点。

赵老师仔细地听着，淡淡地笑着，像是一桌的菜肴没有一样可他的口。大婶拿起筷子，夹了一个腰果放进嘴里，细细地嚼着，慢慢地品着，接着又夹了一个，似乎觉得饭店里炸的长果仁格外好吃，便小声地问："光买这长果仁，人家卖不卖?"赵老师瞪了她一眼。大婶也瞪眼，说："问问咋? 人家要是卖的话，买一盘带回家给小强吃。"赵老师欲言又止。

我端起那盘腰果，说："等会儿咱打包带走。"赵老师摆手，说："哪能行，哪能行?"我说："行，行，行，菜不少，怎么也吃不了。"康宁摆手，让我把盘子放下。他招呼小姐，小姐来了，他指着腰果说："再来一盘。"

一盘炸腰果说来就来了。我让小姐放在墙角的酒柜上。

赵老师高兴地举起杯——

"来!"

我和康宁紧随。

三个人一饮而尽。

"有退休金吃着,别下地干活了……依着干没个头……该享受的时候也得享受享受。六十的人了,还活六十不成?"

赵老师木然地放下杯,泪如泉涌。

"赵老师,你——"

良久,赵老师抬起头,擦了擦脸上的泪痕,说:"我……我有债呀!"

7

齐家联中当年有教师 10 多个,公办教师也就三分之一,其余全是民办教师。记忆中,赵老师每月工资 40 多块,算是高的,多数人的工资要么是 34 块 5,要么是 29 块 5。民办教师由村里记工分,一天的工分也就值三毛钱。那时,赵老师是"既无内债,又无外债",月月有钱,堪称殷实富户,我们这些民办教师,哪个有困难,多是求赵老师,他好说话。找到他,没多,有少,三块两块,保准让你合上嘴。

齐家和赵家楼相距七八里路,星期六回家,赵老师常常是绕个弯儿去柳店,到供销社里买上一瓶二锅头,到国营肉食店里称上2斤肉外加两卷豆腐皮,放进车子横梁的褡裢里,载着一周的幸福与温馨从柳店回家。车轮转,金光闪,腿伸腿曲慢悠悠,夕阳下,柳店去赵家楼的田间小路上亮起一道风景。出门有车骑,馋了有酒喝,想吃饺子就割肉,搁一般户家,是想也不敢想的事。

光阴荏苒,啥事都有个变,赵老师今儿难免负债。为了让孩子接班,他早早地就办了退休,工资没调上去。头一年吹唢呐,第二年添娃娃,又是娶媳妇,又是添孩子,算算,这些年,赵老师也不少事儿。

"有啥困难尽管说,我们帮你解决。"我说。

"你说就是。2000,3000 都行!"康宁说。

"不是钱饥荒。"大婶轻轻地摇了摇头,小声地说。

"钱债易还,情债难了……"

"哎!你这个人就是……"赵老师还想说什么,大婶给了他一个眼色,"你喝酒了!? 说啥说? 手心手背都是肉。"

赵老师不说了，低下头。神情有些木然。

大婶紧绷着脸。

我们莫明其妙，不知说啥是好。

席上鸦雀无声。

谁生的谁疼。狗生的狗疼，猫生的猫疼，不生的不疼。站着说话不腰痛，我后悔得没法，不该那样劝人。

赵老师慢慢地抬起头。"来——，喝！"他端起杯，冲着康宁说，"我跟你两个人一个一个地喝，每人两杯。"

"少喝点吧，一高兴就不是你。"大婶着急，话音重重的。转过脸来，用较温和的口气说我们："少让他喝。岁数不饶人。"

康宁说："赵老师，咱就一杯。在意不在酒，你随便端端。俺透了。"哪想，赵老师二话没说，脖子一仰，一饮而尽。"干了，干了。滴酒罚三杯！"他举着酒杯，杯口朝下，让我们看。他摸起酒壶，满上，端起杯，一仰脖，又干了。我和康宁都不想让赵老师多喝，没一个一个地陪他，而是两个人一块，连着干了两杯。

"师傅，来——"

"我姓刘。张王李赵遍地刘的刘。"康宁插话："刘晓宾。""叫我小刘就行。""刘师傅，来——"赵老师一看自己杯中的酒浅，放下杯，自己拿起酒壶又满了满。

"开车不能喝酒。"小刘有些不好意思地说。"端端，端端，喝多喝少，随你的便，咱就表示这一个。"话音刚落，一杯酒就入肚了。

从来没见赵老师这么慷慨地喝过。康宁心中无底，我心中也无底，两个人都有一种莫名的不安。

"唉！那时让他兄弟俩抓阄就好了，省得落个偏一个向一个的。"赵老师放下杯，对大婶说。

抓阄，为啥事抓阄？我心中纳闷，康宁也一副莫名其妙的样子。

"要是我有个工作，让老大也接班，那就一样了，那就一碗水端平了，那就啥事也没有了。"大婶说。

我和康宁默然无语。

8

赵老师的话渐渐多了起来，大婶的眼色已经左右不了他的嘴巴。

接班，千载难逢的好事，对老百姓来说，无异于皇位世袭，可指标就一个，孩子不是一个，事就难办了，让谁接，不让谁接？手心手背都是肉，十个手指头咬咬哪个都生疼。好事也能愁煞人，能愁得睡不着觉，能愁得吃不下饭。唉，分不均分不匀的事，有，还不如没有，没有更省事，更清心。

老大高中毕业，按说接班最好，能上了课，能教了书，可老大已经结了婚。老二还没结婚，只是订了婚。考虑再三，就让老二接了。老二接了班，有了工作，转了户口，条件好了，媳妇可以另找，找个在外边的，找个有工作也是非农业户口的，那样，两口子都是非农业户口，就是非农业户口家庭，有个孩子，生下来就是非农业户口，一辈子一辈子的事，就全解决了。老大已经是结了婚的人，过了门的媳妇，再离婚，就不是那么个事了，再说大媳妇当时已经怀孕在身。

"唉！"赵老师叹了一口气，把脸侧向我——

接班的事一批下来，大儿媳妇就说话了："爹，当时你说上级有规定，结了婚的不能接班，俺生怕误了你大儿，和他商量离婚，他不干。闹了半天，结了婚的接班也行，村西头赵悦东伯伯就是让他儿子接的班，这事不说你也知道，他儿不光是结了婚，都有孩子了，孩子都七八岁了，都上学了。他闺女倒是没结婚，他也没让他闺女接班。"

院子里，赵老师跟大儿媳妇吵了一仗。

"你悦东伯伯……你悦东伯伯重男轻女，封建思想严重。不光他封建思想严重，有好些人重男轻女封建思想严重，让男孩子接班不让女孩子接班，这样的人多的是。有的人没有儿让侄子接班也不让闺女接班。"

"爹，咱说话不能跑题，不能胡打叉，咱说的不是接班中的重男轻女，咱说的是，结了婚的能不能接班？"

"上头一开始说的是结了婚的不能接班，谁知道后来政策咋又变了，结了婚的也能接班了？"

"谁知道？你知道！"

"我知道时就晚了，政审表早就报上去了。"

"哼，六指子划拳多一着。你知道得不晚，赵悦东伯伯说你知道得一点也不晚。你安心咋办早就想好了，别在这里糊弄人。老的咋？老的也不能糊弄人，说话做事也得照实的来。"

"你……你说话没大没小。"

"你……你做事有偏有向。"

"赵凯，给我滚出来！"

"你儿没在家。"

"……"

"爹，你可是俩儿，说准到后来指着哪一个吗？"

"……"

我暗暗为赵老师的大儿媳妇兰花叫好，说话有理有据，句句掷地有声，入木三分，又不失分寸，不失礼貌。

赵老师是个很有自知之明的人，当时强词夺理和大儿媳妇理论，现在想来后悔了。"老的咋？老的也不能糊弄人，说话做事也得照实的来。""爹，你可是俩儿，说准到后来指着哪一个吗？"如今，每当想起大儿媳妇说的这些话，他心里就难受，揪心的难受，话出自儿媳妇之口，难说儿子就不这么想。

我宽慰赵老师："都是过去的事了，别想这些了。一家人混日子，哪有勺子不碰锅沿的。"

9

醉人不醉心。有些事赵老师明着拉，有些事策略地说，但仔细听，也能听出里边那些让他窝心的事。

赵明接班不到半年就提出退亲。赵老师是明里反对暗里支持。爷俩一个唱白脸，一个唱黑脸，很是"闹"了一阵子。老子提着棍子撵儿子，围着村子能一气转三圈。戏是演给街坊看的，更是演给杜彩霞看的。杜彩霞，娘家是杜家庄的，婆家是赵家楼的，是赵明的媒人。那女孩叫杜娟，是杜彩霞娘家侄女。

　　赵老师盼着杜彩霞能找他拉拉。两个孩子的媒好说好散，那样，既能把事解决，又不失面子。看戏的不怕戏大，卖票的不怕人多。杜彩霞偏偏玩起了深沉，没事儿似的，村子里走过来走过去，一声不吭。

　　赵明在家里"闹"，在班上谈，谈的对象叫郝媛媛。大婶不明白"媛"是啥意思，半夜里，准公公与准婆婆说悄悄话，说"媛"就是美女。准公公这么一说，准婆婆喜得合不拢嘴，颠着屁股说恣话。

　　郝媛媛的肚子一天天大了起来，赵明对爹娘说，不能等了，得领结婚证了。赵老师沉不住气了，找到杜彩霞，把事说了说，想让她当媒人的在中间把事弄利索了。杜彩霞就是不上钩，对赵老师说，年轻人不定性，见异思迁，这山看着那山高，只要大人不这样那样的就行，说说孩子，不这么不那么的，还能说散就散吗？那样的话，这嘴还叫嘴吗！

赵明要退亲，乐坏了杜娟。原来，杜彩霞给杜娟说媒时，曾提到赵刚。说家境，赵刚远不如赵明，但赵刚是高中生，文化水平高，自身条件好。杜娟看重的是赵刚，姑姑看重的是赵明，不好违背姑姑，就选了赵明。赵家父子这么一"闹"，杜娟心想，正好，正好，巴不得呢，散吧，散吧，越快越好。

"他找你去了，你咋不和他快快地利索了！"杜娟在姑姑跟前急得蹦高。杜彩霞说："傻闺女……咋这么等不得。再抻他两天，让他亲口说'散'。你瞧着吧，用不了半月二十天，他那头就会说'散'。"

过了两周，赵老师又去找杜彩霞，说："事你都看到了，也都听说了，工作我也做了，仗也打了，气也生了，孩子大了由不得爹娘，再说婚姻自由受法律保护，不是大人说了就算的事，说到家谁也不能干涉。"杜彩霞说："赵老师，你是明白人，你说咋办吧？""别误了杜娟的人生大事，咱好说好散，各说各的吧。""你不用考虑杜娟，光考虑赵明就行。杜娟没事，可以等，等个三年五年都行，只要你能把赵明的工作做下来。别看我一个当姑姑的，能做了侄女的主。""我实在是做不了儿子的主。""赵老师……咱别拐弯抹角的，袖筒子里插棒槌——直来直去，咱打开窗子说亮话！"

"散。"

"'散'……可是你说的。好，你说散，俺也不赖着你。"

因男方毁约，彩礼一点也没退。

赵明和杜娟解除婚约后，没出5天，杜娟和赵刚的订婚手续就全办妥了。"哼，三根腿的鸡没去寻，两条腿的人，有的是。"杜彩霞把话说到赵老师的脸上。

赵刚和赵明，一村一赵家，同祖不同辈，按辈分，赵明叫赵刚爷爷，这样一闹，赵老师还得叫杜娟婶子呢。杜彩霞将一根棒槌，直直地插在了赵老师的眼里，让赵老师很不舒服，又很无奈。

赵明将郝媛媛领到家，赵老师一看，就是找了个非农业户口！长相跟兰花和杜娟相比，差远了，干活行事更是远不如兰花。"一个人是吃她是嚼她！长长就长长，圆圆就圆圆。他两个人愿意就行。"大婶说。

"哼，他挑人家，人家也是挑他，小学三年级文化，黑不溜秋的，还想找啥。有这头没那头，不能六十四头都占着，看看哪一头合适吧！"杜彩霞的嘴撇到耳朵根子上去了。

杜娟和赵刚很快就结了婚，结婚后进城发展，开了一家服装店，挺混钱。比赵明两口子混得好，好的不是一点半点。赵老师暗地里拿郝媛媛和杜娟比，想起老人的一句俗话，"拿着秋秸换秆草，越倒换越短。"那个后悔，就甭提了。

赵明结婚6个月，郝媛媛给生下一个女孩。孙女是非农业户口，孙子是农业户口……孙子可是赵家的根呀。赵老师越想越觉得窝囊，自己弄的这一套不仅于老大不公，更是对不起父母，对不起列祖列宗，简直成了一个罪人。

"唉，那时……"

"又倒嚼。又倒嚼。"大婶嫌他倒嚼。

10

"高显贵……"

一提高显贵，赵老师泪眼闪烁，一个劲地说："人家办得好呀！""人家办得好呀！"

围着齐家这一块，三里地五里村，男的女的没有不知道高显贵的。公社脱产干部，不高不矮的个头，白净脸，低嗓门，不笑不说话，穿着中山装，骑着永久车，不管去哪村，进村就下车，出村才上车。街头巷尾，见了打招呼的可说有的是。有称他高书记的，有称他高区长的，岁数大的就叫他显贵、高显贵或老高，不管怎么称呼，他都一一笑纳。人们称赞他的人品，佩服他的能力。知道他有个残疾儿的，待他骑上车子走下老远也会说，看他成天乐哈哈的，也有愁事儿呢，大儿快30了还没找上媳妇呢。

老高三个儿，大儿高明湖，二儿高明海，三儿高明洋。大儿得过小儿麻痹症，双腿残疾，三十出头的人了，还没成家，把老高愁坏了。和老高一块喝过酒的也有给说媒的，最终是不成，原因就一个：找的是孩子，不是大人，大人不能跟孩子一辈子。

人找好，难；好找人，容易。老高做梦也没想到，国家干部也有接班这一说。接班的政策一下来，老高就对老伴说："成了，成了，大儿的媳妇成了！"

老高退休，让大儿子接的班。让大儿子接班，他主意正正的，连商量也没商量。大儿子接了他的班，有了工作，很快就娶上了媳妇。

赵老师说："都说老高有福，接班这事，给他去了一块心病，少说也能让他多活20年！""一家有一家的难处。不是这难处，就是那难处。""他家能有啥难处？大海，说说。"赵老师一副急不可待的样子，好像高显贵能帮他了却心头的债。

去年春天，高显贵的老伴有病住院，需要家人陪床护理。老高想让三个儿轮换着，一家一天。他跑到老二家，院子里喊了两声"明海"，老二家的出来了，他把事说了说，老二家的说，这几天黄河里放水，正忙着浇麦子呢，先让他们去吧。他跑到老三家，院子喊了两声"明洋"，老三家的出来了，他把事说了说，老三家的说，好不容易盼来黄河水，北坡里那二亩薄地得灌灌，不然种不上庄稼，先让他们去吧。不知老二老三是真的没在家，还是……反正一个出来"接见"老头子的也没有。

老高悻悻地走了，他前脚刚走，老三家的就去了老二家，两个媳妇倚着门框，一个敲锣，一个打鼓，说对了点。老三家的说："哼，这事想着咱了，接班的事咋没想着咱，咋没商量咱！谁接班让谁去，能接那个班，就能接这个班，忙，公家的事能多么忙？爷们没空娘儿们去。"老二家的说："混着工资，吃着国家供应，大旱三年照常吃馍馍，他不去谁去？咱这个又没个上班的，全靠汗珠子砸脚面子，从土坷垃里刨食吃，一年不收，一年就挨饿，不紧地干，紧地忙活，大人孩子吃啥，喝西北风去？"

老二两口子和老三两口子都是亲戚朋友那般，只是医院里走了走，看了看，却没有一个住下来陪床的。明湖想请假侍候母亲，老高想了想，没让他请，说有这么一个工作不容易，得好好干，腿脚有残，更得好好地干。大儿媳妇自从进了赵家门就觉得身上背负了一种债，她想医院里侍候婆婆，老高一想……罢，罢，罢，也别难为大儿媳妇了，不是儿子有这点工作，别看人家闺女有气管炎，也不跟咱儿，人家能跟咱儿，就算帮了咱的大忙。没法，老伴住了半月的院，就老高一个人在那里守着，黑夜便黑夜，白夜便白夜。

"齐家管区10个大队，10个大队书记，一个个都精着呢，老高玩得滴溜溜地转。那么大的本事，这下也完了。"赵老师惺惺惜惺惺地说。

大婶抬起头："唉，也别说好，也别说歹，一家知道一家，为了接班，打不破头，撕不破脸，闹不到大街上的，就算是好的。"

赵老师冲我端起杯。

大婶白了他一眼："别喝了！"

"没事。"赵老师说，"来，碰了。"

我慌忙地站了起来，端起杯，有些担心地说："赵老师，你随便……你随便。"

11

"认识不认识水利局那个大个子老刘？那个叫刘一门的？"康宁问。赵老师摇头，说："不……不认识。"康宁说："县里开挖齐家东头那条干沟时，刘一门是施工员，在齐家住过。扛着个三脚架，村子里、工地上，整天价跑过来跑过去的，走起路来呼哧呼哧的，又加上人高马大，人们都叫他'野骆驼'。"赵老师认真地想了想，还是摇头。县里挖沟的事他记得，不记得有这样一个老刘。康宁又问我，我更是茫然一片。

"记得不记得没关系。接班这事，你们还是听我拉拉老刘，拉拉刘一门吧。"康宁正了正身子说。大婶也支起了耳朵。

县里最后一批接班，老刘条件够了。一天，老刘的老婆从箱子里掏出一个小布卷儿，解开，把平时攒的两个零钱一个不留地给了儿媳妇韩秀梅，让她给儿子晓林买几件像样的衣服，预备着接了班上班穿。秀梅有些担心地说，怕的是你儿条件不够呢，都怪俺误了你儿，两个人早早地结了婚，壮壮都 5 岁了。婆婆说，结了婚的没事，照样能接班，你姥娘家村里有一个，结婚比你们早，孩子都 10 岁了还能接班，人家已经批下来了，都上班去了。晓林的岁数又不超，才 27，说 27，一个小生日，去两岁，按公家那个说法才 25，文化水平也够，我打听来，蛮行。再说俺男孩女孩就他一个，又没人和他争。秀梅从婆婆手里接过钱，幸福得差点晕过去。

天有不测风云，人有旦夕祸福。人生难料。婆婆把攒的钱给了儿媳妇秀梅，没过三天，得了个急病死了。

老婆死后，没过五七，老刘又找了一个，还带着一个十八九的大闺女，啧啧。"天上掉下个'临'妹妹"，不该发生的事发生了。两个月后，老刘退休了，孩子接班了，不过，接班的不是儿子，而是"闺女"！知道这事的人都说"问题严重"。

"老齐，你说，问题出在哪里？"康宁突然这样问我，像是有意测试我洞察问题和分析问题的能力。

"问题出在哪里？事明摆着——怕老婆。当不了老婆的家，为不了老婆的主。"我几乎不假思索地说。说后又谈了自己用不完全归纳法得来的公式："男人再婚，大都怕老婆，原来不怕的，甚至对原配也打也骂、横行霸道的，再婚也怕老婆，怕老婆能怕得一贴老膏药。老婆让他站着，他不敢坐着，让他趴着，他不敢跪着。"

"怕老婆？哼，说得好听。"康宁挤眉弄眼，吐舌头，"真的假的，有的没的，人们说啥的也有。老刘自己把自己推上了亲情和道德的审判台，自己把自己推上了舆论的风口浪尖。"

"过后老刘一想，也觉得对不住儿子，对不住死去的老伴。他想给儿子一点钱花，可工资又被老婆卡着，唯一的办法就是帮儿子一家干点农活，不管累不累了，他想用这种办法给儿子一点补偿，也给自己一点安慰。嘿，你说咋？"

"咋？"我问。

"儿子一家高低还不用呢！他一进地头，儿媳妇就往外摆手，让他走走走！就是不理他这个茬，权当没有他。连小孙子壮壮也不搭理他。"

"后……后来怎么样？"赵老师急切地问。

"闺女接班不到一年，老刘就得了半身不遂，住了一个多月的院也没治好，在家躺了一年吧，就死了。"

我有些忍俊不禁。心想，巴掌大的一个地方，我怎么就没听说这事？你康宁这几年酒场官场的，锻炼得很是不错了，为了让赵老师有知足感，竟能随机编故事，而且编得头头是道，让人听起来有鼻子有眼，挺像个事的。

小刘看出了我的疑惑，一本正经地说："齐老师，你整天忙着上课，很少出校门，外面的一些事你不知道。康局长说的是真事。"小刘说，水利局的大个子老刘就是他院中的一个大爷，大爷的儿子名叫刘晓林。

康宁把脸侧向小刘，说："不好意思。小刘，不是你今天说，我还真不知道老刘就是你的院中大爷。在这里说这些事，你不介意吧？"

小刘摇头，淡淡一笑，说："不介意，出五服了，不是多么近了。就是近，也没啥介意的。大事不瞒街坊，小事不瞒四邻，捂不住人家的嘴。大娘死了好几年了，一到上坟的日子，清明寒食、七月十五、阴历的十月初一、过年，尤其是大娘的祭日那天，晓林哥和嫂子，两个人来到娘的坟前，烧了纸钱，趴在坟上就哭，哭得死去活来，拉都拉不起来。没法，只能让他们哭个够。"

小刘终是不能自已，泪流满面，无声地哭了。

"有了后娘，就有后爷。"大婶说。

赵老师的手抖抖的，泪水伴着苦涩的笑，汩汩地往外流。

大婶夺了他手中的杯。

康宁向我递了一个眼色，招呼小姐上饭。

12

赵老师粒米未进。我和康宁把他架到车上，他斜躺在座位上，噗——噗——噗——地吐着酒气，样子像是睡着了。大婶心疼无奈，一个劲地说："接班，接班……不是接班哪有这些事！在家种地的，不也是照样混？"

人歌，牛哞。透过窗子，外面是早秋的田野，稻谷弯如月，棉花白如雪，又是一个丰收年。

抬手看表，3点整。我心里也倒嚼起来：今天的看望，今天的拜访，今天的酒场……好吗？要不，赵老师会和往日一样，一壶茶，两个馍，一碗炖豆角，午觉醒来，又该下地了。

2007 年 9 月 10 日

男　孩

1

男孩与我，我与男孩彼此心底都有的一份绵绵情意，始于我当民办教师。我是 1968 年底当的民办教师，挽着裤腿，带着两脚泥巴上的讲台。现在回想起来，当时的一切都还清清楚楚，历历在目。

这一年的秋后，我报名去挖河，成了挖河大军中最年轻的一员。挖河是个累活，不是一般的累，可说是很累，很累。但去挖河也有好处，生产队记工分一天顶一天半，工地上管吃能省下家里的口粮，到头来还能多少分点工钱。因家庭困难，我就报名去挖河。拿上铁锨，带上柳筐，推起太平车子，跟随"老兵"上了"战场"。这一年挖的是徒骇河，徒骇河要展宽，工程是国家工程，工程大，难度也大。工地上人山人海，红旗招展，毛主席题词"一定要根治海河"的巨幅标语横贯大堤。太阳不出就上工，太阳没了才收工，千军万马，苦战了一个多月。徒骇河工程竣工后，接着又转入县内工程，挖一条南北走向的大干渠。一天，砸开粉皮厚的冰层从水下挖泥，挖着挖着领导不让我挖了，让我上岸洗脚，穿鞋回家，回家当民办教师，大庄小学要开设初中班。

第二年，也就是 1969 年。春天，哪一天？却是无法想起。上午，下了第三节课，我拿着课本和教案由教室去办公室，见四年级教室门前围着一些学生，走近一看，学生中间站着一个男孩。男孩瘦小羸弱，衣衫褴褛，蓬头垢面，嘴角流着涎水。同学们围着，不说话，一个个只是看，稚嫩的脸上堆满同情和怜悯。男孩看看这个，瞅瞅那个，不说话，一脸的木讷。

任老师站在办公室门口，伸手去摸办公室外墙上挂着的铃绳，眼睛却是往这边看过来。上课铃响了，呼啦啦，学生一窝蜂似的拥进教室。

孤零零，教室外就闪他一个人。

看眉眼，看脸庞，看长相，端详了老半天我也没认出是谁家的孩子。男孩低着头，老巴实地站着，不时地翻动一下眼皮，蔫蔫的，像只受了惊吓，又不好逃脱的小鸟。

我不认识他。他不认识我。

"还不走……人家都上课了！"任老师大声地喊。

男孩知道喊的是他，便低着头，很不情愿地走了。他走路如鸡啄米，一颠一颠，两腿不是轻快地向前迈进，而是用力地向前挪动。机械地抬起，又机械地放下。

我跟在他的后面，问他是谁家的孩子，叫什么名字，多大了？他不吭声，只顾走，一颠一颠地走，走得越发快了，怯怯的，边走边回头。

"你想念书？"我问他。

他走得慢了。

"你想念书？"我又问他。

他停了下来。

他慢慢地转过身子，疑惑地看着我，眼睛睁得老大，脸上露出点儿笑，嘴唇翕动，想说话，却是好长时间没说话。涎水乘机而溢，悄无声息地往下坠，越坠越长，半空里吊着，像个惊叹号！

"你……你也是老师？"他问我。

我没有回答他。没敢说是，也没说不是。

男孩转身走了。一颠一颠地走出了校门。

2

男孩叫石头，大庄东头喜叔的儿子。

喜叔，中等个头，黑红脸膛。夏天，白褂子黑单裤。冬天，黑棉袄，黑棉裤，腰里扎一根草绳，头上裹一块白头巾。胸前，也就是西方人系领带的地方，总是敞开着，风吹日晒，终年一片"高原红"。

我知道喜叔，却不知道他还有这么一个儿子，更不知道喜婶子荒年间早就殁了。

石头是他的小名，大名叫什么，我不清楚，时至今日还是不清楚，也没听见有谁喊过他的大名。

天热了，我去代销店买扇子。

代销店在大庄中街。出学校稍往东，再往南走，穿过一条宽宽的通道，就来到中街了，道北就是。代销店的西边是个穿堂，穿堂的后面是一个大院子，院子内有大队的办公室和卫生室。夏天，一些老人常聚在穿堂内，坐着马扎享受过堂风的清凉。

买了扇子，走出代销店，坐在穿堂口的几位老人招呼我，让我过去坐坐，拉拉。正好没课，我便过去了。坐下，往东南方向看过去，一处闲园子尽收眼底，园子已是残垣断壁，荒草萋萋。园子里有棵大柳树，大柳树底下有个男孩在那儿忽起忽坐。我怕是逃课的学生，想过去看看。

"看啥看，石头。"

"石头？"

"那还用问，一点也错不了。"

于是，老人们你一句我一句，向我拉起了石头。

"唉，苦命的孩子。"

"你念书，不大在家，一些事还不知道，这孩子经常在这里，四五年了。只要是不刮大风，不下雨，不下雪，他就来。冷天，在北墙根晒太阳；热天，在阴凉地里躺着；不冷不热的天，他就到处胡逛荡。得空他就去学校。"

"不到村里来，他没地方去。农场又没有户家，一二十口子人就他一个孩子。大人都干活，没人跟他玩。"

"一个孩子在农场，跟小鸟关在笼子里差不多。"

"吃了早晨饭他就到村里来，傍晌午回农场。吃了晌午饭再到村里来，傍黑天再回农场去。一天两个来回，一个来回八九里地。累了，晌午就不回去，就饿着，晌午饭和后晌饭并一块。"

"有娘的孩子值钱宝，没娘的孩子路边草。看看，也真是怪可怜的。这孩子打小没有娘，那爹又照顾不了他……还算好，大队让他爷俩进了农场，别的不说，农场有食堂，能吃上饭，饿不着。"

"他吃的比咱们哪一个都好。咱吃地瓜面子窝窝头就咸菜，他在农场常吃个馍馍，弱不过是白窝窝头，小米面或棒子面加上豆面蒸的白窝窝头，待上一段时间就犒劳犒劳，吃顿大包子。"

"农场有粉坊，有油坊，种着菜园子，不说顿顿可说天天有个熟就菜。夏天茄子、豆角、冬瓜粉皮汤，冬天萝卜、白菜。夏天炸茄子、冬天炸藕也是常有的事。咱们，谁家舍得炸茄子炸藕？炸那个费油。从春里就盼，盼到六月二十四，盼到七月十五，能吃上煎茄子就不错了，多半是盼半天吃碗冬瓜粉皮汤。"

"冬瓜粉皮汤和冬瓜粉皮汤也不一样，人家那个有肉，油也多，香呀。咱那个和清水煮冬瓜差不多，叫的是汤吧。"

"公社大院里的人都说，'机关食堂比不上大庄农场'。"

"唉，去了农场……才……"

"事不能那么说……这人没有前后眼，都寻思好，哪有寻思孬的，谁能寻思他掉到窑里呢！"

"小孩子好动。大人干活，忙起来没注意他，他转转悠悠地上到了窑顶上，巴着头往窑里看，不小心，掉下去了。"

"唉，挺好的一个孩子，烧成这个样子。手脚的，都烧坏了。"

"汗毛也烧坏了！你看他出汗吗？他不出汗。不管多么热的天，他身上不出汗，一点汗水也不出。实在热得难受时，就找个阴凉地，四仰八叉地躺在地上。"

"还好，亏了是乏火，亏了抢救及时，要不……"

……

男孩起来了。男孩抖了抖身上的土，从园子里出来，往北走去，一颠一颠地往北走。果真是石头。

"快了，学校又快下课了。"老人们说。

3

当当，当当，当当……下课铃响了。老人们笑了。老人们一个个被石头的"正点""准时"逗乐了。

"可准了，只要石头往学校走，用不了几分钟，准打下课铃。"

大庄是个大村，有 2000 口人。村子里大大小小各式各样的"铃"共 9 个——学校一个，8 个生产队，一个生产队一个。生产队的铃，有的是真正的铃，只不过是铁的；有的秃子当和尚将就事，或是一片儿锅铁，或是一块旧犁铧；有挂在杆子上的，有挂在树上的，挂得都不高。唯独学校的铃，不光是真的，而且是铜的，挂得也高，铃声清脆悠扬，大老远的，一听就听得出来。学校关于铃声信号的规定，村里人也都知道：三下是上课，两下是下课，紧打是集合，慢打是预备。

"又来了，又来了……"是任老师在咋呼。

同学们围着，不说话，一个个只是看，稚嫩的脸上堆满同情和怜悯。男孩看看这个，瞅瞅那个，不说话，一脸的木讷。当当当，当当当……上课铃响了，我冷不丁打了一个寒战。从沉思中醒来，又回到沉思中去。呼啦啦，学生一窝蜂似的拥进教室，孤零零，教室外就闪他一个人。

"还不走……人家都上课了！"仔细听，喊他的不是任老师，是谁？我还真的没听出来。

大庄小学原在村子中间，搬到村子北面这才几年。

学校没有校门，四通八达，前面一排教室离大街不远。学校没有院墙，前后三排新盖的瓦房，明摆显露着。从大街上走，能看清学校的每一个角落。

"还不走……人家都上课了！"或是老师，或是学生家长，或是贫下中农管理学校的，不管是谁，大凡对集体、对学校、对孩子关心的人，见石头在学校里，都能这么喊他，这么吵他，这么撵他。有一次，喜叔从大街上走，见石头在学校里，也是这么喊他、吵他、撵他。

学校，不是他待的地方。

石头回来了。一颠一颠，回到了他的"根据地"。

日头火辣辣地当空挂着，刚才躺的地方已经晒着，他抬头看看叶缝里的日头，低头看看地上零乱的阴影，原地打着转儿，寻思着，比较着，他朝一个地方走了过去。我想，那边一定是个好阴凉。他走过去，慢慢地坐下，又躺下。可能是地面不平，硌得慌，他躺了一会，又翻身，向左翻，向右翻，翻腾了好大一阵子。他两腿蜷着，曲肱而枕。他想睡觉，美美地来上一觉。可躺了不多时，他又起来了，起来，走了。他可能是饿了吧。快晌午了，天长了，中午不吃点东西不行，黑天还早呢。

往东 200 多米，路南的胡同里有他家的老屋，门锁着，他没往东走，他往南去了，出村子往南 4 里地是农场。

下地的人们一个一个开始往家走，扛着锄头的、拿着镰刀的、背着草筐的、推着车子的、牵着牛的，进村的路上汇成一股稠稠的人流。石头一颠一颠地逆着进村的人流往农场走。吃过午饭，人们一个一个走出家门下地干活去。石头走出农场往村里一颠一颠地走来。一天又一天，一年又一年，大庄的老老少少都是这么劳作着，忙碌着。为了生计，为了生存，为了希望，为了心中的向往。

4

这天，我讲完课，余下的时间让学生自习看书。后排一个学生举手提问问题，我过去一看，觉得提的问题不仅有难度，而且很有代表性。于是我转身快步走向讲台，想用下课前有限的时间，对问题做统一解答。几十双眼睛跟随我的走动齐刷刷地投向讲台，投向黑板。

"同学们，下面讲一个重点问题。"我站立讲台上，先是来了一个提醒，以引起注意。我拿起粉笔，转过身，正要板书，远处传来一声"嘟——"，接着就是"嘟——嘟——"，是护坡人赶麻雀的声音。

我怅然而停。

学校北面不远有两片麦地，东边一片是第二生产队的，西边一片是第三生产队的。小满已过，再有几天就是芒种，坡里的麦子渐渐成熟，敢情麻雀也知道节令农时，成群结队地飞到麦田里，站在麦穗上，啄食麦粒。护坡人手里舞动着旗子赶，拖着长音的嘟声此起彼伏。扑棱棱，麻雀从东片地飞到西片地；扑棱棱，又从西片地飞到东片地。

我将粉笔往盒子里一丢，站在讲台上静静地等。同学们也都静静地瞅着我。一阵嘟声过后，我又拿起粉笔，刚要写，刚想讲，接着是"又来了……又来了……"的呵斥声。赶麻雀，撵人，两桩事原本风马牛不相及，却来得是如此的连贯与巧合。有些学生忍不住竟嘿嘿地笑了起来。

"笑啥笑！"我沉着脸大声训斥。

笑的立时就不笑了。

院子里，石头冲教室门口站着，正往这看呢。课，讲不下去了，实在是讲不下去了。我的大脑思维骤停。

"下课!"我带着几分严肃,一声令下抄起教案就走。同学们你看我我看你,都有些不知所以然地站了起来。

早下了2分钟。

课下学生们窃窃私语。有的说,这道题老师不会,讲不下去了。有的说,是看坡的吵得厉害,老师讲不下去了。有的说,是石头站在门口,老师讲不下去了。

当当当,当当当,当当当……

"还不走……人家都上课了!"

这次石头没有走。他大了胆子,朝我上课的教室走去,在教室门口一侧坐了下来,当起了我的"旁听生"。

我没撵他。

喊他吵他撵他的人,看他不走,也就算了。其实,喊他、吵他、撵他,不过是某些人的习惯,一种不自觉的习惯。就像城市里某些人,走在大街的林荫道上,或走在公园的曲径小路上,两手总是闲不住,要么举手揪杨柳,要么伸手掐花草。

5

过后的一年,也是春天,一天,一阵忙碌之后,我在办公室里静静地坐着，忽然想起了石头。"石头怎么不来了？"我问。任老师说："石头在农场干活了。""干活了？他能干啥？"任老师抻了好大一阵子说："他真干不了啥活，也就是干点零杂活儿，耕地、拉土、拉粪时牵牵牲口，一早一晚扫扫院子，饭前饭后喂喂狗，秋八月的场院里拿拿权把扫帚。"

石头在农场干活，不计工，不分红，农场管他吃，管他穿。也就是说，白吃白干，吃一肚子穿一身。这事我是听人家说的，不知是真是假，还是后来听说的，道听途说。

这一年的秋后，我推着花生米去农场油坊换油。石头端着盆子去喂狗，见我去了，撂下手中的盆子，过来帮我卸车子。他对油坊会计宝柱说："他是老师，是大老师。给他称得高高的，多给他点油。"

大概石头这是第一次求人，行或不行，心中很是没有底。他仰起头，看着宝柱的脸色问："行吧？"宝柱故意惹他，称花生米时先是称得高高的，说："石头，你看……咱听你的，让秤高高的。"石头看了，心中乐滋滋的。

"×的，你知道啥？这么着老师不吃亏了吗！称花生米让秤低一点，称油时让秤高高的才是。"宝柱一边说一边伸胳膊、蜷指头，那架势是明摆着的，要狠狠地弹石头一个嘎嘣。石头嘿嘿地笑，笑着往后退，一边往后退一边歪头，紧忙地躲闪。

眼看就晌午，下地的都回来了，石头让我吃了饭再走。他指着两间小屋说："大官们都来了，已经喝上了。你……你也往那屋里去吧。"

石头把公社干部和大队领导统统称作"大官"，把小队长称作"小官"。石头说的"那屋"前头停着自行车，有四五辆呢。

我推起车子往家走。走下老远，回头，见石头还在那儿站着，我陷入了深深的自责中。面对石头，我有种难以为师的愧疚，没让他进教室听课，哪怕是听一堂课，没教他认字，哪怕是认几个字，只认得他的名字也好。我只是没撺他。

6

永胜娶媳妇那天早晨，我去凑热闹，在永胜的大门口见到了石头，石头也是来凑热闹的。石头问我吃饭了吗，我点头，说吃了。我问他吃饭了吗，他也说吃了，忙用衣袖擦拭嘴角，脸上飞过一抹羞红。

石头高了、胖了、白净了，身上穿的戴的也都焕然一新。上身是"黄军装"褂子，下身是天蓝色裤子，虽说不新，也不旧，不破不烂，没补丁，没窟窿，袖口和裤脚都还整齐无损。那顶帽舌塌下来遮住半个前额的帽子不见了，那双一边露着两个脚趾头的鞋子也不见了。帽子是新的，还是一顶蓝色的帽子。鞋子也是新的，还是一双黑布鞋。人靠衣装马靠鞍，一打扮，石头也挺受看。

娶媳妇凑热闹，看新媳妇长得俊不俊，看新媳妇下马要多少钱。上马金，下马银，新媳妇骑在马上，三遍两遍地请不下来，是热闹中的最大"看点"。

锣鼓声越响越近，迎亲的队伍来了。石头站在人墙的后面，踮起脚巴着眼看，脸上露出不曾有过的笑。

枣红马上的新娘，身材颀长，亭亭玉立，戴一副墨镜，两条乌黑发亮的辫子恰到好处地垂到腰际。新娘接过红包，包里钱多钱少，连看都不看，放进兜里就下马，这让看热闹的人，既啧啧称赞，又大失所望。

"沉住气呀，慌的啥！等等，还有呢！"是石头在喊。含糊不清，又亢奋激昂的喊声，逗得新媳妇忍俊不禁。

石头笑了。我也笑了。看热闹的人都笑了。少妇们笑得最是开心，一个个笑着，齐刷刷地把目光投向石头。"沉住气呀，慌的啥！"有的少妇若有所思地重复着石头说的话。大失所望中，是石头把个热闹弄出了高潮。

新媳妇下了马，接下来是进家入洞房。早已上到房顶上的小伙子，在新媳妇进家时，恰到好处地将挂在长杆上的鞭炮点燃，在噼里啪啦的响声中，花糖、红枣、花生、栗子、火烧①，雨点般地从天而降。门前是人仰马翻，一阵嬉笑哄抢。角门上另一个帅哥，不失时机地将两块裹着红纸的新砖（一块砖上还捆着一双筷子，筷子也是用红纸裹着）用力一并，脸上挤出诡秘的笑。这经典的"一并"，把如狼似虎的少妇们的激情调得空前高涨。

"石头，多大了？"鹿嫂子问。

石头不理。

"石头，啥时候吃你的喜糖？"

石头还是不理。

"石头，二小家的相中你了。"

---

① 婚事专做小食品，状如圆枣，皮是黏米面的，里面是枣或麸子，团好后放锅里烙，有的不熟就出锅。寓意新婚夫妇幸福和睦早生福子。

石头低着头，脸涨得通红。

二小家的抡起拳头照着小鹿家的就是一阵捶打。大羊家的一旁插嘴："嫁给石头有啥不好？保准听说听道的，一辈子不让受气。"

"石头，你羊嫂子相中你了，你看行吧？"二小家的逮住大羊家的，一边大着嗓门喊，一边用力向石头这边推。大羊家的一步没倒过来，身子一歪，不偏不倚，正好撞了石头，石头倒了，大羊家的也倒了，正好倒在石头的怀里。

嘎嘎嘎……少妇们个个笑得前仰后合，你捶我，我捶你，你胳肢我，我胳肢你，一个一个，放浪形骸。

石头起来，拍打了一下身上的土，狠狠地瞪了嫂子们一眼："你们一个一个的欠挨揍！"少妇们的笑声很快小了下来，嘎嘎变成了嘿嘿。

生产队的铃声响了，该下地了。少妇们一个一个低着头往家走，仿佛在寻思着自己那甜甜蜜蜜的初夜。

大人下地了，孩子上学了，贺喜的亲朋还没来，进进出出的只有场子里的人，刚才热闹的门前一下子冷清了许多。

石头远远地蹲着，把头埋得很深很深，心情坏到了极点。

7

为谋得一个正式工作，我参加了 1977 年全国高考，从这便离开了家乡。大学毕业后虽说依旧是教书，却没有回到本乡本地，在一县的"最高学府"任教。几乎年年教高三，可说天天下题海，忙得连个星期天也没有。很少回家，回趟家，多是来去匆匆。

好久没见石头了。

1989 年 1 月 21 日，农历腊月十四，我的父亲与世长辞。街坊们前来帮忙料理丧事，二日那天上午，我从背后看，火屋门口烧水的像是石头。我想过去看个究竟，一旁洗菜的二小告诉我，烧水的就是石头。"石头这孩子挺好，打夜来就在这里不声不响地闷着头烧水。"二小是用这种开玩笑的方式告诉我的。

"老实点，少穷腔。听说了吧，以后人死了都得火化。早晚烧你成灰灰！"二小说的话让石头听上了，不轻不重地给了他一句。

二小脸上有些挂不住，白了石头一眼，不自然地笑了笑，想说啥，也没说啥，低下头继续洗菜。想想也是，一个人，不管是当官还是为民，不管是穷的还是富的，不管是有能的还是无能的，到头来，谁都脱不了这个道！

石头心情不好，不知为啥，我想问问他，却是没有问。大老远的，他从农场一颠一颠地赶来帮我的忙、维我的场，这让我好生感动。

村里的习俗，谁家老了人，连做饭在内，一切事情都交由柜上来安排料理，孝子们只管哭，啥事都是不闻不问的。孝子戴的大帽子前面有块下垂的布，叫"遮眼"，寓意就是，两眼遮住了，什么也不看，什么也看不见，什么也不管，一切都托付给街坊，都托付给柜上了。

我明知故犯，特意嘱咐柜上，吃饭时不要忘了招呼石头一声。不光是嘱咐，吃饭时我还在场子里看了看。见石头拿着馒头、端着汤碗，在天井里一旁蹲着，大口吃馒头大口喝汤，我心里才多少有了些宽慰。

下葬时，我跪泣于父亲墓穴前，目送父亲一路走好。望着徐徐下沉的棺木，想到和父亲已经阴阳两界，我恸哭不已。石头轻轻地扳我的肩膀，小声劝慰我："别哭了……哭管啥用，谁都脱不了这个道。"

回到家，我从亲友吊唁的糕点中拿出几条密封完好的饼干给他，他有些不好意思要，我让了两三遍，他才收下。

8

一次与新民小酌，我问起大队农场的事，他一脸的惊诧："农场？农场没了！屋扒了，木头卖了，地都包出去了。"

"农场没了？"

"嗯，早没了。"他想了想，又补充说，"大爷去世时，农场就已经没了。"新民说的"大爷"，就是我的父亲。

"吃上了国家饭，老婆孩子也都办了农转非，不关心村里的事了。"新民借机说话刺挠我。我轻轻地笑了。生活经验告诉我，轻轻一笑是遮丑的好办法。

这里需要说一句，我所在的那个自然村很小，人们习惯称"小庄"，在大庄的西南角，两个庄子一道之隔，就像一个庄似的。生产队时"小庄"是大庄大队的一个生产小队，农场也有"小庄"的一份。

"石头呢？"我问，"农场没了，石头咋办？"

"咋办？你说咋办？"新民放下手中的杯，笑眯眯地看着我，"没老婆，没孩子，没家没业的，又干不了啊活，你说咋办？"

新民，身高1米7，不胖不瘦，团脸，眉清目秀，体壮如牛，我在庄里当民办教师时他跟我念过书，初中毕业就不上了，在家务农，能吃苦，能受累，给人帮忙力气是不惜的。通情达理，说话做事实实在在，不多的话语常常让听者思绪万千。

"刚开始那一阵子，亲门近支轮流管他饭，这家子一天，那家子一天，轮了一段时间就不轮了，可能是他感觉不是个办法，也可能是都感觉不是个办法。再找他吃饭，找不着人了。"

"他离家出走了？"

"出走了。不声不响地走了。"

"没找找他吗？"

"找了，还能不找。撒出人四下里找，这村那村，井里，湾里，沟里，壕里……都找遍了，也没找着。"

"他去了哪儿？后来是怎么找到的？"

"哼，他哪儿也没去。闹了半天，他原来是去了农场，在农场那破屋框子里，不吃不喝，硬生生地躺了两天两夜。亏了发现得早，要是再晚两天，恐怕人就死了。"

新民声音变得暗哑，眼里含着泪，说不上是哭，还是笑。

"当时多亏了大爷提醒了一句，让去农场看看。都认为不可能，他不可能去农场。农场，屋都扒了，一堆碎砖烂瓦，那里有啥想头？大爷说，去，去农场看看，人想故地，鸟恋旧巢。"

我侧过脸，面对窗子，佯装看外面的天空。

"想啥？"

"哦……没想啥。我……我想起了曹操的诗。'对酒当歌，人生几何？''月明星稀，乌鹊南飞。绕树三匝，何枝可依？'"

"人家亲的近的也不是不管，实在是管不了，不是一天两天。你想想，喜叔也殁了……这样的事，不是自己的爹娘，谁管？咋管？管得了吗？"

"他成了乞丐？"

新民摇头。

"修房子盖屋的，娶媳妇的，出丧的……这事那事的，他去帮忙，帮人家一点忙，混顿饭吃。他一直就是这么混饭吃，这么活着。白事，红事，这事那事的，他都去；不过，有白事，他不往红事上凑。大爷去世时，他不是烧水来吗？"

我泪水止不住地流。

9

2006 年。一天我去街上姑姑家，姑姑做了白内障手术，去瞧瞧，看手术做得好不好，成功不成功。下了汽车，走到十字街头，往北一瞥，恍惚看到一个人，走路一颠一颠的……

"石头？能，能是他。"表妹说，"后街老了一个人，今天出丧。"

"你认识他？"

"认识他。围着咱这一块，三里地五里地，这村那村的，谁不知道石头！"

表妹说，先前修房子盖屋都是街坊帮忙，再加上红事，白事……这事那事的，大庄连上小庄，村大，人多事多，今天这家有事，明天那家有事，盖屋的一盖就是好几天，他不出村吃饭就能连上趟。慢慢地，一些事就变了，和以前大不一样了，就说修房子盖屋吧，不兴帮工了，又兴包工，包给建筑队，主家就不管饭了。红事、白事、孩子生日娘满月，光这些事，他吃饭就连不上趟了，就出村帮忙混饭吃。一出村，这村那村的人就都认识他了。

"他都是帮人家干些啥活？"

"谁家老了人，他去给人家跑腿，烧水，拿纸草，端纸盘子。干些他能干、一些人又不愿干的活。"

"纸草？纸草是啥？"

表妹笑，笑我不懂得纸草是啥。"纸草就是纸糊的马、牛、轿、车、辇子什么的。"

"啥是纸盘子？"

"纸盘子，其实就是一种叫法。"表妹说，"纸盘子不是纸的，是木头的，就是酒席上端菜用的那个传盘，这时传盘里盛的有一沓烧纸，就叫纸盘子了。纸盘子里不光有烧纸，还有牌位、油灯、饭碗什么的。碗里盛着米，米的上面有个饼子，俗称打狗饼子。出丧时，帮忙的人有端纸盘子的，两手端着纸盘子去坟上，到了坟上，把打狗饼子扔掉，把牌位、油灯、饭碗啥的放到坟里去。端纸盘子的人，要么是对逝者或对孝子多一份敬意，要么是干啥都行，干啥都不在乎的人。"

"别人不干的活，他干。你看，他傻吗？"

"有些人说他傻。俺看，人家一点也不傻，不光不傻，还挺知趣，从不招人烦恶，不管到谁家，自己带着一个大搪瓷缸子和一把调羹勺，吃饭喝水都是用自己的缸子。吃饭时，自己不摸勺子盛汤，都是让别人把汤给他盛到缸子里。自己也不伸手拿馒头，都是让别人递给他，吃不了一个就要一块，让别人给他掰开。不管到谁家，都是拿着馒头，端着缸子，去一边吃。"

"外村死了人，他是怎么知道的？"

"听人家说呗。有些人也主动说给他，说哪村哪村又死了一个人。听到信儿他就去。扎纸草、卖纸草的也联络他，让他给丧上送纸草。"

"送纸草，给他钱吗？"

"这个……我就不知道了。"

"前几天我去坡里干活时，还见他在一个厂子里筛沙子。那是一家预制厂，做水泥板卖水泥板的。老板肯定管他饭，给他钱还是不给他钱？咱就不知道了。"

10

"石头——"，"石头——"，他没听见。"嗷——"，"嗷——"，我拖着长音大声咋呼，他还是没听见。

背后有人推我，摇我，用力推，使劲地摇。谁？回头一看，竟是一个女人。女人高高的个头……呀，美女！兴奋中我揉了揉眼睛，再看，女人皱纹白发，韶华已逝。女人左嘴角下有颗豆粒大的黑痦子，越看越像老伴王玉凤。心想，她怎么跟了来？正要问，女人说话了："咋呼啥咋呼？"

我这才意识到，做了一个梦。我这才知道，已是大天老地明，老伴早已起床了。醒来，脑子清清的，心情却变得沉沉的。

"做了一个梦……"我说，"在街上，远远地见一个人，举着纸草，一颤一颤地向东走，背后看，像是石头。""石头……"老伴床头站着，若有所思，"石头……也该50的人了。"

"电话。接电话！"

电话铃响了，老伴厨房里正刷锅洗碗呢，我卧室里做着什么，客厅里电话铃响常常听不上，她就大着嗓门咋呼。

电话是从村里打来的。贤德老人去世了，明天出丧。放下电话，一种人生无常的悲凉陡然袭上心头。春节时人好好的，咋说走就走了呢！撕下一页日历，明天——2009年5月26日。

明天，明天该能见到石头。"石头，你还好吗？"我心底轻轻的一声问候。不敢多想。件件往事浮现于眼前。

男孩瘦小赢弱，衣衫褴褛，蓬头垢面，嘴角流着涎水。同学们围着，不说话，一个个只是看，稚嫩的脸上堆满同情和怜悯。男孩看看这个，瞅瞅那个，不说话，一脸的木讷。

"你……你也是老师?"

"又来了……又来了!"

"还不走……人家都上课了!"

……

吊丧前没见到石头，我心里沉沉的。

"来啦! 好些年没见你啦!"吊完丧，正要离开灵棚，石头咋咋呼呼地来了。

我快步迎上去，抓起他伸过来又往回缩的手。我的嘴张着，"挺好的"之类的见面客套话竟一句也说不出来。石头深情地望着我，一个劲地感叹："老了，老了，毛都白了!"

40 年的凄苦风雨……男孩成了男人。满脸的皱纹，头本来就不大，一皱，极像一颗核桃。嘴角的"涎河"已经干涸，留下隐约可见的旧床故道。胡须稀疏、凌乱、枯黄，门牙已经脱落……穿的戴的不再是补丁擦补丁，从上到下都是穿不烂的化纤纺织品，上面斑斑油渍散着乌亮的光。

感谢上苍，他还活着。没有人能说清楚，他端着纸盘子，一次一次，送走了多少人？相识的，不相识的。

街坊们说，石头已是丧事上的"老资格"。经多见广，耳熟能详，丧事上的大事小事，他没有不懂，没有不会的，"架孝"① 这活他都干得了。"大款"去世时，架孝的是邻村高手"吹破天"。那天吊丧的亲友陆续地来了，看"吹破天"亮本事的人也都凑了来。想不到，节骨眼上事出意外，"吹破天"突然心慌得很，病倒了。人们那个急呀，就甭说了。关键时候，石头挺身而出，成了架孝的。架着孝子行丧礼，一会儿起来，一会儿跪下，又是磕头又是作揖，挺像回事儿的，一声"谢了——"还真不赖起"吹破天"那一口。"三拜九叩"他会，"二十四拜"他也会，拉着毡，引领着那些拜祭的，一个一个，拜得中规中矩。

"丧上有石头，就误不了事。"

石头一旁听着。"我可不会吹呀！"他觉得自己做得还不够，不会吹喇叭，不会奏哀乐。

我下意识地从衣兜里掏出几十块钱给他，让他在

---

① 丧事上架着孝子行礼。干此事的人叫"架孝的"，即"架孝人"。

"活儿"不济、赶不上饭时买口吃的，馒头、包子、油条什么的。他不要。"我不要……我又不花钱。"再三让他，他就是不要。"钱我不能要。碰着哪天进城，到你那里吃饭。"

2009 年 5 月初稿，2014 年 10 月第 6 次修改

手术晚了一刻钟

大宝对娘说，玲玲肚子疼，疼得一阵比一阵紧。娘一掐算，说："到时了。"娘来到媳妇屋里一看那光景，就是。

娘说："前街你三婶子接生挺有经验的，我去叫她。"

大宝的想法是去医院。娘就不吱声了，娘在心里说："比你爹强多了，知道疼媳妇。俺三个孩子，哪一个也没去医院，头生子慢一点，第二个就快了，第三个，还没觉着怎么着呢，孩子就来了。生孩子坐月子是女人生来就有的本事。"

"去医院……再让剖腹产？听人家说，剖腹产下不来 3000 元。"玲玲很是有些担心。娘的嘴里虽然不说，心里想的也是这。去医院就让剖腹产，剖腹产是得花钱的，花不少钱呢，换成麦子得三四千斤，全家人一年的收入。娘就不明白，现如今咋就这么些剖腹产？是吃得好喝得好胎儿长得大了，还是……

玲玲是个挺懂事的孩子，高中毕业没考上大学，找了大宝，小两口恩恩爱爱，公公婆婆拿着当闺女待。生育方面的知识玲玲也懂得些，女人生孩子只要能自然分娩，还是自然分娩，自然分娩对大人对孩子都有好处，没经历自然分娩的女人，其人生难说完美。"要不，咱就在家生吧，我身体挺好的，一直也没短了干活，我可是觉着没事。"玲玲跪坐在床上，心神有些不定。

大宝说："在家生……若是有个意外，不好办。"

当娘的也担着心。按说该去医院，那里卫生条件好，技术也高。生孩子坐月子，女人过的是鬼门关，有把命搭上的。去年前庄里就有一个，在家生孩子，遇上大出血，不好办了，活生生的一个人给淌死了，要是在医院接生恐怕就没事。

"叫车！"天井里，当爹的发话了，"钱是人挣的。一辈一辈的人，盼的就是这，只要大人孩子好好的就行。"

"120"很快就来了。随车来的医生姓黄，妇产科的黄大夫。黄大夫人值中年，年富力强，很有经验。

到了医院，一番检查过后，黄大夫坐下来，面色颇有几分凝重。

"以前做过检查吗？"

"没有。"

"怀孕后怎么就不做个检查呢？"

"没……没有钱。"大宝吞吞吐吐。

"钱要紧，人要紧？"黄大夫瞥一眼大宝。

"怎么？"大宝有些紧张。

"胎位不正！"

"胎位不正？"玲玲慌了。大宝也慌了。两个人不约而同地问："咋办？"

"咋办？矫正已是来不及，可说已经没法矫正了。只有剖腹产。"黄大夫一脸着急和无奈。看看小两口还犹豫不决的样子，她越发着急了："疼钱，又是疼钱？都啥时候了！大人孩子的命要紧，还是钱要紧？！实话跟你们说了吧，亏了来得早一点，要是晚来半天……"

玲玲有些怕。

黄大夫抬起左手，大拇指和食指张开有两寸宽，比画着说："剖腹产，没啥，就拉道小口子，比正常生好多了。机关里上班的人专要剖腹产。都什么年代了，谁还愿意遭那个疼！"黄大夫移动了一下椅子，凑近玲玲，贴着玲玲的耳朵小声说："剖腹产挺好的，生了孩子还跟大闺女一样。"玲玲低头，含羞一笑。

定房间，安床位。玲玲腆着大肚子进了产科病房。

不一会儿，一个大夫来到病房，手里拿着一大摞单子，让玲玲去做检查。这大夫很年轻，看上去也就30岁。

"检查过了。"大宝说。

"这里那里的，都检查了。"玲玲说。

"不是一回事。那是入院检查，这是手术前的检查。检查和检查不一样。"大夫有些不耐烦。

"她身体挺好的，不用检查，打上麻药，消消毒，开刀就行。注意，可别开过了，给拉着小孩可不行。"

屋里顿时笑声一片。玲玲翻了大宝一眼，也浅浅地笑了。襁褓中的小宝宝们一个一个也都甜甜地笑了。有的家人赶紧提醒产妇："轻一点笑，大笑会影响刀口愈合，弄不好真能笑破肚子。"屋里没笑的就两个人，一个是大宝，一个是大夫。

一阵笑声过后，人们不约而同地把目光投向这初来乍到即将剖腹的产妇：明眸皓齿，黄里透红的面色，给人的感觉是健康与美。

屋里共四张床，三张床上的产妇已经生了，都是剖腹产，都挂着吊针输液呢。年轻大夫这个床前问问，那个床前看看，也没有什么事儿，慢悠悠地转了一圈，又来到玲玲床前，对着大宝，不温不火，不紧不慢地说："人命关天，不做检查就剖腹，出了事谁负责？"大宝抿嘴一笑，没再说啥。

心电图、X片、CT、B超、查血、验尿、化大便……一排子下来，已是11点半。

一切正常。

"交钱。下午2点手术。"

大宝说："交了。"

"多少？"

"3000。"

"不够。"

"差多少？"

"少说也得差2000元。先交2000吧。下午2点前交上。记住，2点前！误事，责任自负。"

玲玲额头上汗水涔涔，腹痛难忍。大宝跑去找医生，请求提前手术。医生说："你钱还没交呢！"

玲玲望着坐在床头上的大宝，万般恩爱化作一时的恨，咬牙瞪眼，疯了似的照大宝一阵捶打撕扯，那眸子分明在说："都是你干的好事！"

他拿手绢轻轻地擦拭她的额头，一下，两下……"都怪我。早做个检查，早矫正一下胎位就好了。""不怪你。你在外打工，得挣钱，得养家糊口……先前我也没感觉哪儿不好。"她拉着他的手，不停地抚摸他的胳膊，一下，两下……她想抚平他胳膊上那一道道划痕。

玲玲又是额头上汗水涔涔，又是腹痛难忍。大宝如热锅上的蚂蚁，坐立不安，又无可奈何。

1点半。大宝的二姐来了，她上气不接下气地说："爹接到电话就分了任务，俺1000，姐姐1000，让2点前一定把钱送到医院。"

医院门前。大宝的二姐心急如焚，踮着脚四下里眺望。天上有鸟儿飞过，她让鸟儿给姐姐捎话：下了汽车可跑两步啊。

"说的是2点手术，2点了！求求你们……钱一会儿就到。"医务室里，大宝说着说着跪下了。"使不得，使不得，"年轻的女护士慌忙架起大宝，说，"我们比你还着急，真的该手术了，一刻也不能等了。"

楼道内响起急促的脚步声。

门被撞开，医生、护士、手术车，还有大宝的两个姐姐，潮水般涌了进来。

玲玲咬牙瞪眼，两手紧紧地抓住大宝的胳膊，做了一个牵引——

先露头，后出脚，哇的一声，孩子来啦！时钟指向 2 点 1 刻。

手术晚了一刻钟。

甄老汉喜得合不拢嘴，给孙子起名叫"甄会来"。

2005 年 8 月 15 日

孩儿的乞求

　　大院里老洪的母亲八十多岁了，去年得了脑血栓，失语，记忆几近丧失，多半年了，一直卧床不起。

　　"五一"过后，一个女人来叩老洪家的大门。女人说，她是来认家的。

　　那女人我见过。五十多岁，高些的个头，典型的农村妇女打扮，看上去很是忠厚善良，不像是那种坑蒙拐骗的人。

　　有两三个月了，女人一直在老洪家，一家人似的。一天，老洪与我小酌，我好奇地问老洪："到底是咋回事？"老洪立刻鼻翼翕动，含泪动情地说："那是我妹妹。"静了一会，他又说："真的，那是我妹妹。"

　　《孩儿的乞求》在 2007 年山东省老龄事业发展基金会和齐鲁晚报举办的"济钢杯·孝行齐鲁、共建和谐"征文大赛中获得优秀奖。

不用再细问，老洪就把事儿全说了，从头至尾地全说了。

进屋，坐下，她就自报家门，说是从老家一路问着找来的。她说的话都在谱。五十年前家里的事，知道的就母亲和我。那年我九岁，小妹妹刚会走，也就一岁多。处理完父亲的后事，母亲就将小妹妹送人了。可没几年，母亲就说我那小妹妹得病死了。

她见我疑惑，就一口一个哥哥叫着，问母亲是否健在？想见见自己的亲娘！她说，半年，半年了，自打养母临终前把事说开，她就以一颗当娘的心去想自己的亲娘。她说："哥哥，嫂子，我没有别的想法。我家里有丈夫有儿有女有儿媳妇，也有了小孙子，虽说家在农村，但不愁吃不愁穿，我来不是上门求帮的，我是想见见生我的亲娘。娘可能不认得我这个闺女，可我到哪儿都认得自己的娘……"

说到这儿，老洪哽咽了。我不作声，任他泪水流。

老洪擦一把泪，将头抬起，接着说下去。

她说，娘的右耳朵下方有一颗黑痦子。她这么一说，让我们很是惊讶。她也看出了我们吃惊的表情。

走进卧室，到了母亲的床前，她就急不可耐地看母亲右耳朵下方。看到那一颗黑痦子，她叫了一声

"娘"就号啕大哭。老伴和我紧忙劝止。她知趣地打住，只是一个劲地抽搭。

她没有走。她请求容她住些天。其间，她给家里打过平安电话，我们对她也就放心了。她给母亲梳头、洗脸、洗手、洗脚，给母亲翻身洗身活动手脚。闲下来就坐在床头，抚摩母亲的脸颊，哄小孩似的自言自语："娘，娘……""娘，您看看，谁来了？""叫，叫我一声梅子。"母亲始终是面无表情地瞪着她。我们心里就替她着急，心想，是不是你的娘？右耳朵下方有一黑痦子的人多了。看她那痴情孝心，一家人对她还是以亲人相待。除去给母亲做饭喂饭，其他活儿都放心地让她去干。后来，她又拿出一个小布条在母亲眼前晃动，就像拿玩具哄婴儿那般晃动。那是个白粗布条，年深日久，已变成米黄色。布条的一边有个鲜红如血的圆弧。圆弧是用红丝线绣在布上的，应该是从一个完整的花瓣或什么上铰下来的，有明显的剪子剪铰的痕迹。

她不停地说，不停地晃。一天，两天；十天，半月；一个月，两个月……那天，母亲先是嘴角抽动，继而张嘴，"哦——哦——"地想说话。我们都激动得不得了。母亲记忆的大门打开了！母亲的头不停地歪动，像是要一件东西。我们经过多次试探，终于破译了母亲的"密码"。拿到母亲的钥匙，打开了她那谁也不许动的衣箱。把衣箱里的物件一样一样地拿出来。母亲的注意力落在衣箱底部的一个包袱上。打开包袱，里面有一个小布包，打开小布包，里面有个布条，布条上用红丝线绣着的不是花瓣——两个布条一对，竟是一颗心！

"娘！""妹妹！"……屋里抱哭一团。

稍静，母亲又"哦——哦——"地吵。妹妹俯身，听她说什么。母亲扒了扒妹妹凌乱的头发，用力摁着一处，意思是让我们看看。妹妹让嫂子看她头上有啥？一看，是制钱大小的一块红痣！

妹妹立即扎上围裙下厨。她说，要给娘做她最拿手的蒸鸡蛋。

……

"你大娘能坐轮椅了！"老洪对我说。

"是吗？"我备感惊喜。

女人推着崭新的轮椅缓缓地走着。济阳县城的一草一木对她来说陌生而亲切。轮椅上坐着的是她的母亲。秋阳暖暖的，阳光从梧桐叶间泻下来，在母女身上撒下金光闪闪的斑点。

我迎面走过去，女人羞涩地笑。我向她点头致意，躬身向大娘问好。老人见是熟人，情绪就激动起来。她努力地向后回头，嘴里一个劲地"哦——哦——"老人抬起勉强能动的一只手，伸出小拇指——老洪说的一切立刻浮现在我的眼前——我连连点头。我明白：老人回头，是说这是她女儿；老人伸出小拇手指，是说儿女中数她最小。我不由得泪眼模糊。突然，老人急躁不安，涕泗滂沱，弄得我更是一时不知如何是好。女人转到轮椅前，一手攥着娘的手，一手给娘拭泪。女人是跪着的，且早已泪流满面。那跪，是女人无声的乞求：娘，请您不要再为那无奈的选择追悔，孩儿无怨无怼。

2007 年 9 月 30 日

牛皮鞋·韭菜

牛皮鞋

老石听人说，皮鞋是牛皮的好。儿子要结婚，他和老伴商量，一定给儿子买双皮鞋，买双牛皮的。

金贵在村子里开了个小卖部，里面光有夏天穿的凉鞋，没有皮鞋。金贵告诉他，要买牛皮鞋，最好是进城，到正规的大商店去买，那儿货全，正宗。老石说，那好，咱进城。金贵提醒他，买鞋一定得要发票。老石不清楚发票是啥，金贵说就是单子，买了鞋，让商店给开个单子，万一有个差错好去找。

老石进城，来到一家大商店。进门，左看右瞧，

《牛皮鞋·韭菜》发表在 2011 年 3 月 14 日《济南日报·新济阳·闻韶风》。

嘎
嗒
辣
椒

正不知朝哪儿走，导购小姐过来了，问："大爷，您想买啥？""买鞋，买皮鞋，牛皮的。"导购小姐把老石领到了卖鞋的地方。售货员问："大爷，买鞋？"老石点头说："是。""买啥样的？"老石连声说："牛皮的。"售货员听着就想笑，又问："买鞋谁穿，要什么颜色的？""给俺儿子买鞋，要黑色的。""多大号，肥瘦？"老石拿出老伴剪好的鞋样子递给售货员，售货员拿着鞋样子比。"大爷，这双鞋你儿子穿着行。""多少钱？""800元。"老石失口道："开玩笑！一头牛才值多少钱！贱了行不？200块，我豁上了。"售货员没吭声，把鞋放回原处，又拿出一双，往柜台上一放："这双200元，你看行不？"老石拿起鞋，正看了反看，前看了后看，看后，低头，弯腰，抬脚……售货员紧忙趴柜台上，探头往下瞧："哎哎！大爷……""我比量比量。"老石不紧不慢地说，"放心，给你脏不了。"

"行。"到底真行还是假行，老石没能细比量，他觉得这儿不是金贵那小卖部，由不得他。他把鞋放下，让售货员又换了一双。老石心里说，那双还不知多少人试过呢，你嫌俺？俺还嫌你呢！

第一个发现老石买的鞋不是牛皮鞋的是金贵。金贵来送喜钱，顺便看了看大伯买的鞋。老石说，是牛皮的，单子上写着呢。金贵看发票，上面确实写着牛皮鞋。但金贵认准这不是牛皮的，是人造革的。老石看不出人造革，更不知道人造革与牛皮哪个好。金贵说，当然牛皮的好。

售货员看了一眼发票，又看了一眼鞋，说："大爷，这鞋不是从这儿买的。"

"咋不是!? 刚从这儿买的，没出 5 天。就是你卖给我的。"

"我卖给你的是双牛皮鞋，发票上写着呢。你拿来的这鞋是人造革的。"

见两人争执，一个人朝这走来。

"怎么回事?"

"这是俺经理。你和俺经理说说吧。"

老石把事一五一十地说了一遍。经理看了看发票，又看了看鞋，说："大爷，现在问题是……问题是，你得证明售货员当时给你的就是这双鞋，你得证明，这双鞋和这张发票是一回事。"如醍醐灌顶，老石一下子明白了。"你是说，我把那双牛皮鞋放在家里了，另拿这双鞋来讹人?""我们不能这么说。但发票上写得清楚，我们卖给你的是双牛皮鞋。"

老石二话没说，拿起鞋，回头走人。

韭　菜

老石整好车子，拍了一下儿子的肩膀，说："走，咱进城。"

卖鞋的那家商店紧靠农贸市场。放下车子，老石去了一边，让儿子自个守摊。为了避免讨价还价带来的麻烦，车子上竖了个牌子，上写：每捆1斤，卖价2元，还价不卖，破捆不卖，缺1两补10斤。

"红根韭菜，挺好，挺便宜。"一传十，十传百，不多时，一车子货所剩无几。

近水楼台先得月，那家商店里的人，出出进进，买得最多。老石蹲一旁，看得一清二楚。

来事了。

儿子理屈似的，一句话也不说。女人越嚷越起劲："有理你说，你……"老石起身凑过来，问："咋回事？"

"俺买韭菜，他卖给俺……"

"他卖给你的是啥？"

是啥？女人看看手里提的东西，竟说不出个名堂来。她看老石，老石看她。她想，这不是买牛皮鞋的老汉吗？他想，这不是卖皮鞋的售货员吗？"这是茅草！"老石小声地、一字一句地对女人说。

沉默片刻，女人似乎想到了什么，又起劲地嚷："骗人！我问他这是啥，他说是韭菜。"

"不会。"老石摇头说。

"骗人！""挂着羊头卖狗肉。""问他这是啥，他说是韭菜，红根的，包包子特别香。"几个人围上来，吵着嚷着。

"不会！"老石肯定地说，"他是我儿子，我最了解他。牌子上没有这样写，他也不会这样说。俺没挂羊头，也没卖狗肉。俺摆的是茅草，卖的也是茅草。谁能站出来作证，他说过这是韭菜？真要那样，拿着茅草当韭菜卖，我甘愿受罚。"

没有人能站出来。

老石向众人亮出一个证件——残疾人证。他儿子是残疾人，既聋又哑。

老石拱手，环顾众人，说："茅草，用来编地毯、编蒸笼上的垫子……既经济又环保。茅草和红根韭菜相似，但它不是红根韭菜。世上没有万事通，再能的人，也不会啥事都懂，不念哪家书不识哪家字，因为分不清韭菜和茅草，把茅草当红根韭菜买的，请拿来，俺保证退给你钱。"

2007 年 6 月 26 日

第四卷

闲适

“谐”之美

五月南风，熟了小麦，黄了枝头杏。

夜市，街灯。坐在那儿静静地等。一组妙龄女郎笑声咯咯地走来，驻足，弯腰，低头，细瞧，问："大爷，你杏甜吧?"我说："我姓田。"姑娘们蹲下来，纤手轻挑。挑好，过秤，都争着付款的当儿还是有些不放心：到底甜不甜? "真的，大爷，你杏甜吧?" "真的，我姓田。你们要是不信——"说着，我从衣兜内拿出了身份证。姑娘们一个个都愣了，你看我，我看你，断不清眼前是咋回事儿。我递过身份证说："你们看看，看看就知道了。"

姑娘们这才好奇地接过身份证看，看后一琢磨——

《“谐”之美》发表在 2010 年 6 月 28 日《济南日报·新济阳·闻韶风》。

"杏"和"姓"，"甜"和"田"，音同声一样——都会心地笑了起来，说："大爷，您可真够逗的!""没说谎吧？我的'姓'可真是'田'呀!"我忍俊不禁，也笑了。笑后接着说："咱说归说，笑归笑，你们还是尝一尝为好。先尝后买，才知道好歹。"一尝，个个都拍手称道。

又来了一帮赶夜市的，看看篮子里的杏，挺好，想买，就怕不甜，遂问这些姑娘们："他杏甜吧?"姑娘们笑着，很坚定、很有把握地说："放心吧，这大爷的'姓'是'田'。"

买卖就是这样，越有买的，就越有买的，见一个买，都买。一篮子杏，不长时间就卖净了。

提篮轻轻，回头，是五彩缤纷的夜空。

2007 年 5 月 14 日

热得不是时候

天热，热得人难受。吃过晚饭，人们拿着马扎都去街头纳凉。

王大嫂摇着蒲扇说："这天也是，着实热了！要是冬天这么热，多好呀！"

"冬天这么热，不也是热吗？"张大嫂笑着说。

王大嫂说："冬天冷啊，这么热就好啦！"

张大嫂想了想说："冬天是冷，既然也这么热了，还不是一样吗？"

在座的人都陷入了对问题的思考，觉得里面有个弯儿转不过来，是谁转不过来？是王大嫂，还是张大嫂？大伙儿认真地思考了半天，几乎都赞同张大嫂的

《热得不是时候》发表在 2009 年 7 月 16 日《齐鲁晚报·青未了·生活广记》。

观点。"是啊，冬天既然也这么热了，热和热还不是一样的吗?"

"不一样啊!"王大嫂有些着急地说。

"咋不一样呢?"

"冬天要是也这么热的话，那就不用交取暖费了!"王大嫂一本正经地说。

2009 年 7 月 7 日

有惊无险

下班时间还没到，小李就骑着车子急呼呼地蹿了来。"小李，啥事这么急?""俺妈没气了!"小李车没下，头没回，像飞机掠过，留下了震耳的轰鸣。闻者惊疑：人好好的，怎么说不行就不行了!?

人命关天。有人立马摘下手机呼叫"120"。甩扑克的不甩了，打麻将的不打了……有的甚至撂下摊儿……霎时，"兵"临楼下。小李扛着煤气罐跑出楼道，一抬头，愣了。大伙哑然，继而哄笑——

原来，他妈没有"煤气"了!

2003 年 12 月 2 日

《有惊无险》发表在 2003 年 12 月 22 日《生活日报》副刊。

拼车回家

再有几天就过年了。家里的老妈早就盼着了，盼我回家，更盼我领着个女朋友回家。一年又一年，过了这一年，我就三十挂零了。

老妈从电视新闻里得知，火车票很难买，于是打电话问我买到火车票没有。我说没有。电话那头，老妈沉默不语，她老人家肯定是为我犯愁了。

我说："妈，实在买不上车票，我就和人家拼车。"

老妈一听说和人家"拼车"，急了："不行！使不得，万万使不得！买不上车票，在外边过年也不能那么办。和人家拼的事，不是咱干的。"

我笑了，对老妈解释说："'拼车'就是有私家车的人开车回家过年，车上有空位，咱顺路搭人家的车，给人家出点汽油钱。"

"这个办法好，这个办法好！"老妈明白了"拼车"是咋回事后，那个高兴劲儿就甭提了。这不，刚挂了电话，她老人家又打过来了，特意嘱咐我："同样是拼车，咱挑个大闺女拼吧，多给人家出点钱，好好地处，说不定真能'拼'上个媳妇呢。"

2010 年 1 月 31 日

牙　签

　　"老板……牙签。"他一边吃着烤羊肉串一边咋呼。忙碌中，她看了他一眼，说："你那儿不是有吗！"于是他就找，不大的一张小桌，左找了右找，前找了后找，找了半天也没见牙签在哪儿。

　　"哪有牙签?!"他有些不耐烦。

　　"你手里拿着呢！"她说。

　　于是他就看手，看了左手看右手，可手中除了正吃着的一串烤羊肉，什么也没有。"没有！"他说。她咧嘴，说了个"真笨"，顺手捡起一根烤钎，一边做着剔牙的示范动作，一边说："这就是牙签！"

　　别说，这"牙签"还真的不错，有长度，有硬度，自然有力度。一点也没费劲，他就从牙缝里剔出瓜子大的一块塞肉！

　　用完餐，他剔着牙、腆着肚、踱着步，慢悠悠地走。"哎，哎……"她把他叫住了。他装糊涂：已经结账付款，还有啥事？

"烤钎。留下烤钎！"

"这不是牙签吗？"他说。

"这哪是牙签……"她笑了，笑得妩媚动人。他也笑了，笑得挺有意思。"欢迎再来。"她说。

半年不到，她成了他的老婆，他成了她的老公。媒妁，就是那根"牙签"。

2012 年 2 月 24 日

乐在其中

一

备课，

上课。

批改，

辅导。

吃饭回家，

中午睡觉。

远离了酒绿灯红，

少了些世俗纷争。

《乐在其中》发表在 2014 年 7 月 14 日《济南日报·新济阳·闻韶风》。

二

三尺讲台立我身，

一支粉笔写春秋。

谁说教师臭老九？

两袖清香闻不够。

2014 年 5 月 4 日